港都櫻花紛飛時

目次

序

夜色如水，涼風習習。

垃圾車〈少女的祈禱〉音樂悠悠響起，四周浮著微弱的人車紛沓聲。

一位少女步履沉重地走進家門的騎樓，沒有注意到自家藍色機車的座墊上，趴著一隻金黃色的虎斑貓。

金色虎斑貓半身隱在陰影中，此時察覺到人的氣息，抬起了頭，一眼又大又圓的金色瞳孔鎖在了少女身上，注視著她緩慢踱進家門。

未關好的內玄關門裡，傳來低低的啜泣聲。

牠豎起耳朵。

「我實在是好苦命……養這個女兒不知道做什麼……反正我要死了，對她來說沒路用了……我以前都沒辦法讀冊，但我知道讀冊很重要，還去借錢讓她讀冊，結果長大了她就這樣對我……唉……我好苦命、我太可憐了……」

晚間新聞的播報聲，刺耳地夾雜其中。

——又一長照悲歌……一名七十六歲李姓老翁，疑因長年照顧失智妻子而罹患憂鬱症，半夜趁著妻子熟睡時，用刀子猛刺她的腹部十多刀……老翁坦言已經照顧病妻多年，身心已經無法負荷，才想送她上路——

「**是在哭什麼啦！一輩子沒苦過在那邊說什麼苦命！永遠只會拿讓我讀冊這件事來威脅我！以前我的薪水都上繳給妳去買六合彩了，從沒跟妳要過錢、都是妳在跟我要！妳現在衣食無缺還有得住，已經好過多少獨居貧苦老人了，還有臉在那邊哭苦命！**」一位女人歇斯底里的聲音狂吼了回去。

——我國早於一九九三年成為高齡化社會，專家學者推估臺灣將於二〇二五年邁入超高齡社會……在生育率低落、少子化的趨勢中，可以預見長照已成為刻不容緩的社會課題——

「**這裡又不是我要來的，是我們家的人叫我來的！會有人來接我，我要回家！什麼時候才有人來接我？我要回家！**」

「**沒有人會來接妳啦！這裡就是妳家啦！不要再哭了哎唷，我要起笑了……**」

金色虎斑貓抖了抖耳朵，片刻後直起身子，輕盈地一跳一躍，不到三兩下便鑽進了三樓的防盜窗裡。

牠慵懶地舔舔毛，再度趴下，好似終於找到了一處不被打擾的清淨之地。

前方霧面的窗戶突然被打開了一道小縫，驚得牠金色的圓瞳猛然拉直。

「雖然可能會有蚊子，不過太熱了，還是打開一點通風吧。」少女的聲音從窗縫內傳出。

尾巴左右搖晃，牠恍若無事般又趴了下去，喉嚨中發出舒服的咕嚕聲，毫不懷疑牠會就這樣愜意地窩在這裡一整晚。

直到房內驀地傳來碰一聲，大力關門的聲響。

牠轉轉耳朵，眼睛瞇了起來。

少女隱忍的嗚咽，支離破碎地從窗縫內傳出。

「這樣的生活、到底要持續到什麼時候……」

「好想、趕快離開這裡……」

「好想到一個、完全沒有人認識我、能夠自由自在做『我自己』的地方，重新開始生活……！嗚……」

在少女漸重的哭腔中，牠緩緩站起了身子，定了半晌，縱身躍入夜色裡。

牠腳步輕盈地走在城市裡，燦金色的毛色吸引了許多路人注意。

「沒看過這麼金的虎斑耶。」

「毛這麼漂亮，主人一定很用心在保養……咦？沒有項圈？」

「哇，你看牠的眼睛——」

牠尾巴一揮，閃過了一個想摸牠的手，飛快地跑了起來。

宛如一團金色流星，劃過了中正橋，墜在了一棟有著蘋果綠外觀的古典建築物上。

一對情侶正倚在橋上欣賞著愛河夜景，突然感覺左側傳來猛烈的白光，刺眼得他們不得不閉緊眼睛。

下一秒，四周旋復平靜，好似什麼都沒有發生。

「剛剛那裡……那棟建築物是發光了嗎？」女生揉眼，有些驚魂未定。

「夜間點燈吧。」男生強裝鎮定地說，「沒事啦，我們走吧。」

若這對情侶好奇心旺盛，有走到建築物前查看的話，也許可以看見深綠色的屋頂、造型特異的塔頂上，有個被月色照耀得發光的生物，睜著熠熠發亮的流金瞳孔，居高臨下地俯瞰著這座城市。

第一章

尹若雲在床上睜開眼睛，醒了。

她迷濛地坐了起來，有點分不清楚自己現在到底在哪裡。

窗外正中午的艷陽透過窗簾射進房內，臉頰全身都濕透了。身爲高雄人，儘管已經很習慣這樣的氣溫，還是覺得黏答答得難受。

若雲拿起手機，意識到今天是暑假第一天，不用上學，於是她匆匆洗了個冷水澡，才剛出浴室就聽到樓下傳來陣陣呼喚。

「**美玉啊～美玉啊～**」

一股厭惡瞬間湧上，若雲不自覺地皺起眉頭。

一走下樓，一位蓬頭垢面的老阿嬤攙扶在樓梯旁，張大雙眼、一臉無助地望著她。

「**妳是誰？**」

「**我是若雲，媽媽她出去了不在。**」

若雲熟練地回答，快速繞過阿嬤的身邊。

忽地一股異味竄進鼻腔，她看到廚房的垃圾桶倒在地上，隔夜廚餘及衛生紙屑流淌在地，像是被貓狗翻過一樣。當然，她們家並沒有養寵物。

若雲不理會阿嬤拖著腿顫巍巍地跟在身後，快步走進客廳。客廳桌上空無一物，也未見媽媽的身影。

這很正常，若雲的母親——陳美玉，長年沉迷於宗教活動，只有下香的時候，才會買便當回家給阿嬤和若雲，其他時間都在「師姐」那。

若雲不怪她，畢竟若雲自己也不想待在這樣的「家」裡，她也沒立場對主要照顧者的母親要求什麼。她打開手機傳訊息給青梅竹馬，準備出門吃飯。

「**妳是誰？**」阿嬤已然來到身後，抓住了若雲的衣角。

「**若雲。**」若雲強忍著噁心感，推開阿嬤的手，「**妳去那邊坐著。**」

她指指沙發那個專屬座位，原本乾淨洗鍊的灰白色沙發，已被陳年汙垢染成黑色。阿嬤已經很多年沒有洗澡了。

阿嬤有嚴重的白內障，幾乎已看不太到，她沒有移動，只怯怯地問了一句：「**妳可以帶我回家嗎？**」

「……」

「**我、我好想回家……妳是要來接我的人嗎？**」

那彷彿快哭出來的顫音，令若雲心頭一緊。

她早已習慣阿嬤毫無邏輯的話語與碎念，但沒想到阿嬤竟然會說出想離開這裡的話……若雲自知她們對阿嬤的照護完全稱不上周全舒適，頂多只能說是最低限度的處理。

果然她覺得我們在虐待她嗎？她指的「回家」又是哪裡？虐待的罪名如枷鎖般沉重地壓在若雲身上，令她有些暈眩。

「美玉咧？」阿嬤立刻忘記了上一句話，又問。

「她在師姐那。」

「妳是誰？」

「若雲。」

「她是不是在躲我？」

沒有交集的對話繼續上演，阿嬤突然極度哀怨的口氣，讓若雲心裡警鈴大響，**「沒有啊，阿嬤妳去那邊坐著。」**

不會又要來了吧，不要、千萬不……

阿嬤忽地放聲哀號，下一秒嚎啕大哭，**「我就知道我老了沒路用了！美玉眞可惡！花錢讓她讀冊、養她長大，結果她現在這樣對我？好啊我就去死一死好了，死一死卡快活，也不用在這邊給人糟蹋！」**

阿嬤歇斯底里的哭喊讓若雲慌了手腳，挨近她身邊想安撫，卻因臭味下意識地脫口：

「阿嬤妳先去洗澡——」

啪！

響亮的巴掌聲迴盪在客廳，臉頰上的痛楚讓若雲知道，自己被打了個火辣耳光。

她緩緩地看向眼前曾經愛乾淨、愛下廚、活力滿滿的阿嬤，現在正用彷彿仇人般的眼神怒視著她。

「**妳是誰？不用妳管！去死啦！**」

若雲閃過阿嬤再度揮臂打過來的手，強壓下滿腹複雜的情緒，奪門而出。

＊

若雲站在中正橋上，愣愣地看著底下緩緩流動的愛河，在太陽照耀下反射出粼粼波光。這裡是她很常來散心的地方，亦是她很常想跳下去的地方。

「嗯，我已經出門了，快點來吧。」

若雲掛掉打給青梅竹馬的電話，抹了抹汗如雨下的臉。

出了家門，她就自由了！她就贏了！她不去想留一位失能老人孤獨在家會有什麼後果，現在的她只想好好吃頓飯。

只是正中午的大太陽快把她給烤焦，她後悔出門時太匆忙，忘了抓防曬外套和遮陽傘，決定在附近找陰涼處等她的青梅竹馬。正在四處張望時，突然感覺到小腿貼上個毛茸茸的陌生觸感。

「呀！」她尖叫一聲，發現是一隻金黃色的貓咪在磨蹭她。

若雲還在訝異竟有這麼親人的野貓時，貓咪已經掉頭往右後方走去，走到一半發現她沒跟上，還停下回頭看她，有股她不動、牠就跟著不走的架式。

若雲困惑地跟著走了過去，才發現右後方有一大塊腹地，矗立著一棟雄偉的蘋果綠建築物，有著深綠色的東洋瓦式屋頂跟正方形的塔臺，最前方四邊形的騎樓上方，掛著「高雄市立歷史博物館」的匾額。

咦？為什麼我從來沒發現這裡有這棟建築物？好特別的顏色、好特別的外觀……而且我都不知道，原來高雄有歷史博物館？

獨特的方塊造型騎樓裡，從那扇敞開的大門不斷吹出冰涼的冷氣，令汗流浹背的若雲像蜜蜂受到花朵吸引般，不自覺地走了進去。

映入眼簾的是，Y型豪華大理石階梯，兩旁佇立著六根大圓柱，暈黃的燈光襯托著金碧輝煌的歐式裝潢，坐立在Y型階梯頂部的咖啡色石英鐘，散發出奢華低調的神祕感。

若雲忍不住倒抽一口氣，覺得自己好像凡人闖進了什麼宮殿一樣。詢問服務臺後發現不用門票錢，決定乾脆看個展覽打發時間。

若雲往右拐進同樣富麗堂皇的走廊，看到一位坐在展場入口、穿著紅背心的導覽志工，親切地對她微笑。

她害羞地低頭，不僅是因為導覽小姐美得驚人，還有她胸前的「波濤洶湧」。

若雲回想起以前跟著學校去過的博物館，普通陰暗的建築、充斥著戶外教學的學生們吵鬧聲的展場、以及在一旁和藹微笑的爺爺奶奶志工們。

相比之下，這個博物館外觀顏色特異，內部又如皇宮般炫目，空曠無人的展間，導覽志工還是年輕貌美的爆乳姐姐……她沒想到這棟建築物不僅外觀獨特、裡面竟也是這麼奇怪。

大大的展版橫在入口，展序上寫著：「老照片展——臺灣歷經五十年的日本統治，奠基了現代化與文明化的發展基礎……本展搜集了許多高雄相關之歷史老照片，帶您一探日治時代高雄人們的生活……」

若雲隨意瞥了幾句就走入展場，展場空曠無人，她一個人悠閒地逛了起來。

一塊一塊的展版，貼著許多黑白老照片，不過與歷史課本上不同的是，這些都是高雄——也就是她家鄉在地的照片。

她眼睛滑過一張張照片，高雄市役所、西子灣海水浴場、高雄中學校、市町街景、神社祭典、皇軍出征、高雄州廳空襲照……看著一張張她本該熟悉卻又陌生的景象，若雲有種神奇的感覺。

其中一張校園團體照，令若雲停下腳步。

不知怎的，她覺得相片中的人們，有種無以名狀的熟悉感？

此時，一陣頭痛猛烈襲來，伴隨著各式人聲交談，此起彼落地傳進耳裡。

若雲皺起眉頭，是展場的音效嗎？她想尋找聲音來源，卻驚恐地發現，四周有許多人影來來去去，彷彿周圍的聲音與畫面一同被迅速倒轉。

在若雲閉上眼睛、抱頭蹲下想減輕不適的時候，她當然不會聽到，大廳那坐落在Y型階梯上的石英鐘，指針喀拉喀拉地倒轉了起來，美麗的導覽小姐依然微笑著。

＊

不知道過了多久，若雲才感覺到四周聲音漸行漸遠，回復平靜。

她張開眼睛想站起來，卻因爲蹲太久而頭暈腳軟，撞到了椅子跌在地上。

咦，展場裡什麼時候有椅子了？

「妳……？」

一道男聲忽從上方落下，若雲抬起頭，看到一位戴著帽子的制服少年，俯視著坐在地上的她，表情滿是詫異。

若雲這才發現這裡已經不是滿佈照片的展場，而是一間擺滿木桌椅的辦公室。

若雲一邊恍惚地爬起來，一邊問道，「呃，請問你是……？」

但話才出口，若雲就後悔了，因爲少年眼睛瞪得更大，好像她剛說了什麼罪該萬死的話一樣。

不對……好像有哪裡怪怪的……

未多做思考，若雲立刻穿過少年身邊衝了出去。

長廊、六根大圓柱、Y型階梯……都跟剛剛看到的一樣，但是——

「喂，妳是誰啊？」

一位看似警衛的男子，朝若雲大步跨過來，若雲不多作理會，毫不猶豫地推開大門、衝出四方型的騎樓，然後是完全想像不到的衝擊景象迎面而來。

那是她從來沒有看過的風景——圓形草坪、寬廣的三線道路種滿椰子路樹、一望無際的天際線、濕潤的草土氣味——整個過程只有短短一秒，身後就傳來喊叫與腳步聲，她嚇得立刻拔腿狂奔了起來。

雖然大腦還非常混亂，但她卻清楚地知道一件事：被抓到，就糟了！

若雲可以感覺到劃過身邊的行人們好奇的目光，不光是一個女孩子在街上死命地狂奔，還有他們與她完全不一樣的穿著打扮。

全身上下的血液濃縮在腳上，令若雲腦袋無法多做思考，雙腿彷彿擁有自我意識般飛快地動著。

她聽到身後的腳步聲越來越近，緊張得一下加速，但踩不慣的碎石路面讓她腳步一個踉蹌，狠狠地跌倒在地。

下一秒，她就陷入了無意識的黑暗中。

＊

若雲睜開眼睛，看見一位青年坐在床邊。

「嗨～」

看見她醒了，青年開心地跟她打招呼。

若雲僵直地愣住，眼前這個過分詭異的陌生人留著一頭金色長髮，右眼被長瀏海蓋住看不見，左眼瞳孔同樣是漂亮的金黃色，好像會吸人似地盯著她。

若雲嚇得坐起，挪動身體想後退，卻全身無力，金髮青年立刻伸手扶住她，「喂別亂動，妳沒吃飯又一下激烈運動，可是直接昏倒在大街上了啊。」

金髮青年遞給她一顆饅頭，若雲警戒似地盯著，直到肚子不爭氣地咕咕叫起。

「放心，我不是壞人，而妳也已經安全了。」

青年微笑，不知為何令若雲有種莫名的安心感，加上肚子實在餓到痛了，她順從地接過他遞來的饅頭，小口咬下，微弱的甜味緩緩在口中擴散，終於讓若雲的大腦可以運轉思考。

她發現自己躺在一張架有蚊帳的木床上，環顧四周，是個有著洗石子地板、木製桌椅和衣櫃的復古小房間。

「這裡是哪裡？我……」

若雲欲言又止，她回想起了自己失去意識前的事：原本只是在博物館的展場裡，等她的青梅竹馬準備一起去吃飯，結果展場內突然起了奇怪現象，回過神來發現自己身在一間全是木桌椅的樸素辦公室裡，眼前所見盡是完全沒看過的景象，然後被人追趕下，最後因爲跌倒而暈了過去。

自己整理一遍都覺得荒謬，若雲下意識地想拿手機出來確認，這才發現自己正穿著一套沒見過的衣服，而手機也不見蹤影。

「啊！你……！」若雲大驚失色，反射性地就往青年的方向瞪去。

「慢著！這是有原因的，妳不能在這時代繼續穿那衣服，太突兀了啊！」

「時代？你在說什麼？」

青年調皮地對她眨了眨眼，「簡單來說，就是妳在歷史博物館的時候，不小心穿越了，現在這裡是『日治時代』唷！」

「……」

「……」

「……我在作夢嗎？」

「妳才剛醒來呢。」

若雲回想起她在博物館展場裡看到的照片，跟剛剛的街景很相似，只是原本黑白的灰暗照片，現在全部都刷上了鮮明的色彩。

若雲瞬間寒毛直豎，看著眼前這位彷彿知道一切的人，屏息問：「你到底是誰？」

青年好像很高興她能問出這個問題，他一個彈指，瞬間變身成在博物館展場門口的那位爆乳大姐姐導覽志工，若雲倒抽一口氣。

看到她這個反應很是得意，他又一個彈指，恢復成金髮青年貌，他驕傲地挺起胸膛說：「我是掌管陰間地府的神明，你可以叫我九華，或是偉大帥氣的幽冥教主。」

「……」

「……」

「……幽冥教主是什麼中二名字？」

「妳小心遭天譴。」

能夠吐嘈的地方實在太多了，面對眼前這個視覺感強烈、又突然自稱是神的人，若雲陷入混亂，「所以你是那個導覽大姐姐……所以你是掌管陰間的神……所以……我死了嗎？」

九華好氣又好笑地說：「我剛說了，妳只是穿越時空了而已。」

看著若雲依舊困惑的表情，九華咳咳兩聲清清喉嚨，解釋道：「妳在現代進去的那棟歷史博物館是棟很特殊的建築物，加上展示收藏著許多歷史文物的博物館，本來就蘊含著從古至今的龐大能量，因緣際會下，就穿越過來啦。」

面對九華的輕描淡寫，若雲只覺得一陣無力，「真假？那我現在要怎麼回去？」

「短時間是不太可能了。」

「為什麼？怎麼會？」若雲慘叫，「你是神吧，就不能把我弄回去嗎？」

「喂喂，妳當穿越時空這麼簡單嗎？就算可以，也要在像那棟歷史博物館一樣跟『過去未來』有深刻連結的地方才行啊！現在那棟可是高雄市役所，本來就不能隨便進出，況且妳還引起騷動，短時間大概不能靠近那裡了。」

若雲感到一股怒氣上升，憤恨不平地說：「是我的錯嗎？人家追我當然要跑啊！」

沒想到九華突然笑了起來，「哈哈哈！我想也是，很有妳的作風。」

若雲驀然感到一絲違和感，怎麼九華的口吻好像早就認識她了一樣？但她明明跟他是第一次見面。

還來不及細問，九華已開口道：「放心吧，我不會讓妳死的，壽命未盡就讓妳到陰間，有違我的職業道德。」

若雲瞅了他一眼，覺得這人外表浮誇又個性輕浮，實在很難把他跟神聖莊嚴的神明聯想在一起。

「總之呢，基本問題我會幫妳處理好，既然都穿越過來了，現階段也只能先想辦法活下去了。帥氣又善良的九華我，給妳個溫馨提醒，妳最好盡快學會在這時代生存下去的基本技能。」

「是什麼？」

「『國語』。」

「你剛說的是……日語嗎？」

「沒錯，相信聰明的讀者已經發現了，爲了閱讀方便，全文將以中文呈現，但會以不同字體來區分不同語言。」

「你在對誰講話？」

「別忘了這裡是日本時代，妳如果不會日語的話很不方便。還有，只有跟我單獨在一起的時候可以講『國語』，在其他人面前千萬不能說，知道了嗎？」

若雲不解地問：「我知道跟日本人講話要用日語，但其他時候應該可以講『國語』吧？」

「不行。」九華斬釘截鐵地回絕，「這個時代的臺灣人並不會講『國語』。」

若雲啞口無言。

「妳可以講臺語跟日語，但千萬不能隨便講『國語』，不然可能會有危險。」

窗戶外傳來幾聲鳥叫，夕陽餘暉射進屋內，照在九華異常嚴肅的臉上，若雲不禁點了點頭，卽使她還完全無法理解這裡「危險」的眞正含意。

看到九華起身準備離去，若雲大驚：「咦！你要走了？留我一個人？」

一個人穿越到一個連語言都不通的時代，現下只有九華唯一知道她的處境，結果現在他卻要離開了？若雲不自覺地拉住了九華的衣角。

九華見狀，露出些許欣慰的笑容，摸了摸她的頭說：「放心，妳不會一直是一個人的。」

在若雲還在咀嚼這句話的含意時，九華像是要阻止她繼續發問似地接著說：「好啦，這種穿越時空的冒險可不是人人都能遇到呢！妳就好好享受吧。」

他走到門邊，握上門把，意味深長地留下一句——

「畢竟這可是妳一直以來的願望，不是嗎？」

＊

九華前腳剛走，一位長相英俊的青年就敲門跟進，他就是自己被九華寄放在這個家的小主人——王定彥先生，他很擔心若雲的身體狀況（畢竟自己大概是昏倒時被九華抱進來的），還說若雲要住多久都沒關係，會好好照顧她。

「**安捏、拍謝啦……**」若雲用著蹩腳的臺語說著。

「**不會，妳是九華桑的人客，也就是我們的人客，免客氣。**」

九華到底在這裡建立起了怎樣的關係網啊？若雲腦海中浮現他那捉摸不定的笑臉。

「**聽說妳要學日本話，我這邊有一些以前的**教科書**，妳可以拿去看，有問題可以問我，**」王定彥靦腆地笑了笑，「**不過我比較忙，也可以問我太太淑惠，她是日本**女子大學**畢業的。**」

「**多謝……**」

短短幾分鐘的臺語對話，已經讓若雲感到有點吃力。

雖然她從小跟阿公阿嬤住在一起，臺語還算勘用，但總是夾雜國語混著講，阿嬤他們也聽得懂。但在這裡，不僅完全不能講國語，他們的臺語還會參雜日語，更難聽懂了。

看來接下來不僅要學日語，臺語也要努力加強才行了。

王先生直接把這間房讓給了若雲當專屬房間。在用過晚餐後，若雲躺在垂著蚊帳、陌生的木板床上，聞著陌生的蚊香味，腦袋仍是一片渾沌。

那傢伙一直等不到我應該生氣了吧？阿嬤一定不會發現我不見了，媽媽……會擔心我嗎？還是少了一個需要照顧的人，她更輕鬆呢？

穿越過來的第一天，身心疲累不堪，若雲憂鬱地胡思亂想了一陣，便沉沉睡去。

＊

爲了等市役所的餘波平息，若雲關在王定彥家裡一個禮拜完全沒有出門。期間除了照九華說的學日語以外，也熟悉了王家的環境。

王家由王定彥的父親——王天起家，是南臺灣有名的漁產界大亨，遂在幾年前，在靠近高雄港碼頭的哈瑪星蓋了這座豪宅，大到有三層前棟及兩層後棟，整體裝潢典雅華美。

王家大宅不僅提供家族生活，也有店鋪的經營，更有許多跑船的船員們會來借宿。而王定彥不僅是日本早稻田大學畢業的高知識分子，經營水產業相關的事業，前陣子還剛當選高雄水產會議員，是地方上首屈一指的望族。

基於此，除了衣食住讓若雲感到些許「懷舊」之外，生活上跟現代比好像沒有特別不便。

難道九華是怕我不適應，才把我放在有錢人家裡嗎？若雲不禁心想。

而九華本人，自從第一次見面後就再也沒有出現過了。

在閉關了一個禮拜沒有任何動靜後，若雲覺得應該可以出門了，於是跟王家要了份市街地圖，決定出門看看。

睽違好幾天，終於能夠出門呼吸新鮮空氣，若雲其實十分雀躍期待，一踏出王家騎樓，強烈的陽光如瀑布般直洩在她身上。

有別於現代清一色的黑色柏油路，土色道路在太陽光的反射下顯得更加刺眼，令她忍不住瞇起眼。這裡的太陽光感覺比現代還要強，不知道是不是建築物都很矮的關係，天空看起來更大更近了。

而街上的景像也與現代完全不一樣，矗立在街道兩旁的電線桿與電線，與低矮的建築物相比顯得更加醒目，毫不客氣地破壞了美麗的天際線。

路上多是腳踏車、臺車、人力車，甚至還有牛車！道路兩側挖有長長的水溝，灰棕色的二至三層樓建築掛著日文招牌、整齊地站成一列。

穿和服的女性三三兩兩、談笑風生地走過，要不是偶爾還能聽到擦身而過挑扁擔的臺灣人講臺語，不然若雲眞的會以爲自己在日本。

腳踏車的鈴聲、路上行人踩著木屐匡啷匡啷的聲音、空氣中混合著動物排泄物跟工業廢氣的味道、爲數不多的汽車緩緩駛過激起沙土飛揚……再再提醒著若雲，她眞的穿越到日治時代了。

「要不是看到這棟建築物，我大概不會相信我在高雄吧，哈哈……」

就像是想確認什麼般，若雲再度來到市役所附近。

她遠眺著眼前的高雄市役所建築，跟其他的建築物迥然不同。鮮豔的深綠色屋頂、獨特的建築樣式與外觀，華麗地坐落在荒野上。看上去就跟她記憶中的歷史博物館沒什麼兩樣，只是在這個時代好像又更雄偉了些？

明明一個禮拜前，還在裡面看展的，結果現在變成市役所公家機關，令若雲有種恍若隔世之感。

而完全不同的街景和環境，更加深了自己的格格不入。

明明這裡是高雄，卻不是高雄。

正當若雲還在茫然思考接下來該怎麼辦時，一個熟悉的聲音忽地落在她耳邊。

「妳是……？」

若雲嚇得跳起，發現竟是上次那位在市役所內遇見的少年！

即使已經過了一個禮拜，但當時的情景太過衝擊，她一眼就可以認出來，看來這位少年也是。

「妳……在那之後怎麼了？」少年雙眼微微睜大、好奇地問。

雖然有一點日語的基礎，但其程度還無法順利成句的若雲，實在不知道該怎麼解釋，只好呆呆地回望著他。

少年見她這樣，思索了一下，然後指了指不遠處的市役所說：「**妳是、有在那邊……？**」

若雲瞬間懷疑起自己的耳朵，他竟然在說臺語！

即使發音不太標準，但第一次聽到外國人說臺語還是令若雲十分驚喜，連忙熱切地點頭：「**對對對，我有在那邊……**」突然想起不該這麼輕易承認才對，又趕忙搖頭：「**沒沒沒，我沒有在那邊！**」

少年皺起眉頭，好像看著怪人似的盯著她，若雲羞愧地低下頭。

人生中還沒碰過無法用語言溝通的場面，令她不知所措。

半晌，少年又指了指若雲的衣服，慢慢地問：「**妳的、衣服？**」

「**喔？換掉了。**」若雲想他指的可能是現代的那套衣服。

沒想到不會日語的她，竟然能用臺語跟日本人對話，她忍不住問少年：「**爲什麼你會說臺灣話？**」

「一點點，學校、有教。」

然後兩人再度陷入沉默。

若雲感覺得出來，眼前的人對她非常好奇，但礙於語言，他好像不知道該怎麼跟若雲溝通。

這位少年的穿著跟上次一樣，頭戴有顆六角星的圓盤帽，身穿整齊合身的灰綠色V領制服，左胸前別了一個黃色的小名牌，上面寫著：小宮。

正當若雲還在想小宮的日語要怎麼發音的時候，突然從旁傳來一陣尖銳的剎車聲。一位衣裝筆挺、看起來像是警察的人，騎著腳踏車停在他們身旁。那把垂落在腰間的佩刀，惹眼地撞進若雲眼裡。

「喔呀，這不是小宮君嗎？」

「渡邊桑，您好。」小宮恭敬地點了個頭。

被喚作渡邊的警部看似閒得發慌，逮到機會便長舌一番：「又來市役所幫父親送便當嗎？他也真是的，這麼忘東忘西，果然家裡沒有女人不行啊！就叫他趕快再娶個女人好照顧家裡，你們才不會這麼累，令堂也過世好幾年了不是嗎？」

小宮的表情沉了下來，低聲說：「……我們沒關係的。」

「怎麼會沒關係？一個優秀的高雄中學生成天拿著便當往外跑，這像話嗎？這種事情就交給女人去做就好！有時間還不如去好好念書、強身體魄，將來為國奉公、報效天皇……

怎麼？生面孔，沒看過妳啊。」

一連串快速的日語已讓若雲完全傻住，更沒想到會被突然問到話的她，下意識地發了聲：「蛤？」

沒想到，警部突然臉色一變，大吼：「蛤什麼蛤！沒禮貌的傢伙！所以我才說本島人[1]都——」

「渡邊桑。」

若雲跟警部一起轉頭看向小宮。

「我剛在路上撿到了東西，不知道能請您帶我去做筆錄嗎？」

不知道是否對小宮突來的插話感到驚訝，渡邊警部氣燄大減，有些困惑，「喔、喔……好啊？」

小宮點了點頭，走之前面無表情地瞥了若雲一眼。渡邊則毫不客氣地把若雲從頭到腳打量一番後，跟著小宮離去。

若雲全身緊繃的神經終於鬆懈下來，她穩住自己微微發抖的雙手。

就算聽不懂，從警察的肢體眼神也能感受到，那是她在現代從來沒有體會過的陌生惡意。

她深深瞭解到，再不快把日語學好，就要被這個世界給遺棄了。

1　日治時代，「本島人」指臺灣人；「內地人」指日本人。

＊

「對了！可以去上『國語講習所』啊！」王定彥的太太——淑惠姐突然拍手說道。

自從被日本警官瞧不起後，若雲對日語的學習態度，從本來可以簡單溝通就好的被動心態，到現在決定要把日語練到好，至少要到不會被看不起的地步。

於是當天一回到王家，立刻把所有日語教科書全部翻出來猛練，一有空便跟王定彥一家人練習日語會話。

身為現代人的她，或多或少於日常生活中接觸過日語，加上她也有在學校選修日語當第二外語，只是如何在基礎上更加精進是一大難題。

正當她覺得現在的學習環境好像已經到了極限的時候，淑惠姐的這個建議彷彿點燃了黑暗中的一盞明燈。

「哎呀，因為我們住在哈瑪星，孩子們也都上小學校[2]，都差點忘了有國語講習所呢。雖然有點遠，不過我有位朋友是三塊厝國語講習所的老師，妳去他那邊上吧，我會請他好好照顧妳的。」

2日治時代的國小義務教育粗略分為日本人就讀的「小學校」與臺灣人就讀的「公學校」。能讀小學校的臺灣小孩多半來自通日語的上流階層家庭。

「國語講習所」，顧名思義就是教「國語」的地方，是讓不會日語或沒受過教育的臺灣人學日語的補習班。對於住在哈瑪星這樣高級市街的王家來說，自然是不會去過國語講習所，不過對於像若雲這種超過入學年紀的人來說，的確是學習日語最好不過的地方了。

於是若雲在下午六點，再度拿著地圖前往三塊厝。

爲了讓白天工作的臺灣人也能上，國語講習所通常在晚上授課，又稱「夜學」，場地在學校或集會所。若雲想起有在課本上看過「國語講習所」的介紹，但沒想到是在夜晚的學校上課，感覺好像有點刺激呢。

從王定彥家到三塊厝有點距離，本來若雲想搭公車，但聽說新的火車站快開了，那附近在施工、交通很混亂的樣子，於是決定用走的，反正是傍晚不會那麼熱，還可以順便熟悉街道環境。

當她來到目的地——旭公學校[3]時，卻在昏暗的夕陽餘暉下看到一抹熟悉的制服身影。

「咦，小宮……桑？」

若雲不禁喊了小宮的名字，發音念法是她回去跟王家人請教的，看來是沒有念錯，因爲那少年倏然轉頭，臉上跟若雲同樣寫滿震驚。

「妳為什麼會在這裡？」

「啊，我來、這裡的講習所……」

---

3 今高雄市立三民國小。

小宮微微睜大眼睛，好像在驚訝他們第一次日語對話成立。

若雲則內心納悶，小宮是日本人吧？為什麼會來國語講習所呢？他沒有必要學日語了不是嗎？還是——

一位保正[4]歐吉桑站在教室前頭，對大家解釋道：「**張老師生囡仔去了，這位是代課的小宮君，人家可是中學校第一名，還會說臺灣話，很厲害喔。**」

果然是來當老師的啊，若雲心生敬佩。

學生陸陸續續聚集，噹噹噹——外面的銅鐘敲響三下，小宮凜然地站上講臺，喊著口令：「起立、敬禮、坐下。」雖說是非正規的講習所，但上課方式與一般學校無異，一點都不馬虎。

點名點到若雲的時候，小宮的視線在若雲臉上停留了一會兒。

若雲看著講臺上感覺跟她差不多年紀的少年，獨自一人面對底下一群比他大上好多歲的大人，卻沒有一絲退卻。

「我叫小宮，會幫張老師代課一段時間，請多指教。」小宮一邊說著，一邊在後面黑板寫下自己的名字：小宮　進（コミヤ　ススメ）。

底下浮起一片窸窣耳語。

4　延續清治時期的保甲制度，十戶為一甲，十甲為一保，保正為一保的管理人，類似於現今的村、里長。

＊

兩個小時過去，晚上九點，下課了。

國語講習所的第一堂課，老實說，若雲覺得有些失望。

學生們年齡和日語程度參差不齊，程度比較好的人可以聽懂簡單句子，程度比較差的，甚至五十音都還沒背起來。教材內容也還在日文全部用片假名標示的初階範圍內，但對若雲來說，很多漢字的高階篇還比較容易讀呢。

夜幕已完全蘢罩大地，這是若雲穿越到日治時代後，第一次晚上還在外頭。雖然王定彥先生說要派人來接她，但若雲覺得要每天這樣專人接送實在太麻煩人家了，於是婉拒了他們的好意。

這裡沒有現代五光十色的霓虹燈，只有一大群小飛蟲縈繞著寥寥數根的路燈，四周除了蛙鳴蟲唧聲以外，十分幽暗寂靜。

身爲在都市長大的若雲並不討厭這種鄉下感覺，不如說能不斷接觸新鮮事物讓她很是興奮。

她一邊走在回哈瑪星的小路上，一邊思考著要不要繼續上這明顯不符她程度的講習所，襯托著皎潔月光、與完全沒有高樓大廈跟光害阻擋的壯闊星空，頗有一番風情……要是背後沒有人跟著就好了。

「那個，」若雲停下腳步，「有什麼事嗎？」

小宮走在若雲背後幾公尺的距離，若雲一出聲，他也跟著停了下來。

「我也要往這個方向。」

若雲感到一鼓熱氣直衝臉龐，羞愧地連忙說：「喔，抱歉。」

「……」

「那個……上次、謝謝你……」

「妳指什麼？」

「……」

難道上次打斷警察講話，不是爲了要幫她嗎？不過他看起來並不是會隨意打斷警察講話的人啊……若雲發現小宮好像除了必要的話以外，很少開口，陰鬱的表情也讓人有點難接近。

兩人繼續往前走，中間還是維持著一段距離，只有小路兩旁的農田裡傳來嘎嘎蛙鳴，填補著兩人沉默的空隙。

「國語……進步不少啊。」半晌，意外是小宮先出聲。

「嗯，因為拚死地學習了。」

若雲再度佇足，回頭看著小宮，示意他可以往前跟上，比較好對話。

但小宮卻始終停在原地。

「一起走吧？」若雲問。

小宮低頭囁嚅了一句：「……晚上跟女生走在一起，太不知恥了。」

這句話說得極爲小聲，若雲沒聽清楚。

既然他不動，若雲只好自己走向他。

「……！」小宮吃了一驚，整個人往後退了一大步。

若雲疑惑，不知道爲何他反應這麼大？隔著距離聊天也太奇怪了！既然同方向的話，就一起回家啊？還可以練習日語會話（重點），不是很好嗎？

「奇怪的人。」小宮低聲嘀咕，一溜煙地快步往前走去。

反被遠遠拋下的若雲好氣又好笑，趕忙追上與他並肩同行。

「為什麼小宮桑會來這裡呢？」若雲開啟聊天（學習）模式。畢竟她原本聽說的是淑惠姐認識的張桑——也就是臺灣人當老師。

「因為，現在在放暑假，被拜託了。」

若雲知道小宮是刻意放慢速度、簡短地回應，對他不經意流露的溫柔不禁起了好感，也可能是他本來就不是一個多話的人。

最後小宮紳士地把若雲送到王家門口，若雲對他道了謝：

「謝謝你，明天見。」

小宮拉低帽沿點了個頭，轉身彎進一條日本人住宅的巷子裡。若雲慶幸他的確也住哈瑪星，不然讓他長程送我回來太不好意思了。

王定彥先生跟淑惠姐看到若雲回來，連忙問：「怎麼樣？國語講習所上得還可以嗎？」

「**淑惠姐，張**老師**生囡仔去了**。」

「**哎呀，眞的嗎？那這樣妳還要去那間嗎？可以找個近一點的上……**」

「**沒要緊，我就繼續去那間**。」

就算三塊厝的國語講習所程度低也沒關係，可以跟日本人對話的機會更加千載難逢，她當然要好好把握。

尤其她在心中偷偷燃起了小小期待——也許她可以在這裡交到第一個朋友了。

＊

自從開始上國語講習所後，若雲的日語有了突飛猛進的成長。

就她自己學英文的經驗來看，學習語言的聽說讀寫裡面，讀跟寫是可以自修的，聽跟說是最困難的，而她何其有幸，每天有固定時間，能得到高雄中學校第一名高材生的一對一教學。

自從第一天起，若雲每天一下課，便笑瞇瞇地找小宮一起回家。小宮從一開始的消極抵抗，到後來放棄抵抗，他好像也放不下心一個女孩子竟然自己走夜路。加上責任心強，做爲老師的他，看著學生國語能進步，心底也是開心的。

一天回家路上，就像是醞釀了很久般，小宮問了若雲：「那天，妳為什麼會突然出現在市役所裡？」

不知道該如何用日語解釋，加上若雲自己也知道，洩漏這個祕密一點好處也沒有，於是她反問：「你呢？為什麼會在那裡？」

「我父親是市役所的職員，我偶爾會幫他送便當。」

若雲豁然開朗，難怪她第二次也在那附近遇到他，原來是幫爸爸送飯。

「為什麼是你送？你媽媽呢？」若雲沒有多想地問道。

沒想到空氣瞬間凝結，她瞄到小宮飛快地摸了下左手腕。

「……母親已經去世了。」

「喔……」

半晌，像是要打破這尷尬的沉默般，若雲故作輕鬆地說：「我也沒有爸爸呢。」

無視小宮驚訝的表情，她繼續說：「很久以前就不在了，我幾乎不知道他長什麼樣子……不過至少他有留給我唯一一樣東西，就不寂寞了。」她舉起手默默撫上胸口，像抓著什麼東西。

小宮微微一顫，右手握住了自己的左手腕。

若雲像是確信了什麼，口氣輕柔地問：「小宮桑，你沒有戴手錶嗎？」

小宮瞪大眼睛，一臉妳怎麼會知道的表情。

上課中，小宮偶爾會抬起手看錶，還有時不時摸左手腕的小動作，若雲都看在眼裡——畢竟他的手腕上明明空無一物。

小宮咬著下唇，像是在壓抑什麼地說：「不見了……是母親留給我的手錶……」

「在哪裡不見的？」

「咦？」

「我幫你一起找吧！在哪裡不見的？」

小宮被若雲突來的氣勢弄得有些困惑，「我想……可能是在市役所前的州廳橋附近……但我已經找過好幾次了。」

「我知道了，我幫你找！」面對小宮依然困惑的表情，若雲信心滿滿地掛保證：「放心吧，一定會找到的！」

＊

平常若雲除了晚上的國語講習所外，白天幾乎都關在王家裡自修日語，不然就是跟進出王家的人們聊天練習臺語。因爲她知道，要在日本時代生活下去，首要條件就是語言及溝通能力。

她臺語跟日語都不好，一定要比別人更努力才行。

不過，自從誇下海口要幫小宮找手錶之後，若雲白天開始會出門，繞到市役所附近晃晃，找找線索。

小宮口中的「州廳橋」，這邊的人稱「大橋」，也就是現代時若雲站的那個「中正橋」。那邊不是會有人群聚集的鬧區，地面也非常空曠，掉了東西理應很容易被發現才對。

沒有的話只有兩個可能：一是掉到高雄川[5]裡去了，二是被人撿走了。

一日，當若雲照慣例到大橋上巡視的時候，她看到一個穿著臺灣服的小女孩，不安地來回在橋上踱步。

她覺得奇怪，便上前詢問：「**怎麼了？**」

小女孩滿臉驚恐地回過頭，緊緊握住手裡的東西，但小手包覆不住的是，一條看似錶帶的黑色帶狀物，從她的拳頭裡露了出來。

若雲一驚，不動聲色地試探：「**那是手錶嗎？**」

「**這是我的！**」小女孩異常激動地尖叫。

「**好！是妳的……可以給我看一下嗎？**」

---

5 今愛河。

「這是我的！」

「看起來很漂亮啊，讓我看一下，好嗎？」

「不要，這是我的！」

面對無限的鬼打牆，若雲束手無策。她是獨生女，完全沒有跟小孩子相處的經驗。

「尹桑，發生什麼事了？」天降神音，小宮從市役所方向走了過來，看樣子又是去替健忘的父親送便當了。

「小宮桑！你看一下，這是你的手錶嗎？」

面對兩個突然講起日語的陌生人，小女孩顯得有些害怕，手抓得更緊了。

小宮蹲下與小女孩視線保持平行，口氣溫柔地問：「**妳叫、啥咪名？**」

「**阿蕉……**」

「**阿蕉，我可以、看一下嗎？**」

剛剛還氣燄騰騰的小女孩，竟順從地打開手掌，一隻鑲著銀邊的曜黑色手錶躺在她的小手上，在太陽底下折射出炫目的光芒。

小宮面不改色，對若雲點點頭，繼續問：「**這是、妳的？**」

「**是……不是……**」

「**妳在哪裡撿到的？**」若雲忍不住插話進來。

你永遠不知道小孩子什麼時候會哭。若雲這句話好像觸及了阿蕉的開關，她立刻放聲大哭了起來：「**妳在哪裡撿到的……阿爸也說……我想給阿爸賣錢……阿爸叫我放回去……嗚哇啊啊啊！**」

若雲好聲好氣地試圖安撫：「**這是這個人很重要的東西，可以還他嗎？**」

阿蕉霎時停止哭泣，淚眼汪汪地看向小宮，小宮對她點了點頭。

你永遠不知道小孩子下一秒會做出什麼舉動。以爲事情正要圓滿解決的時候，阿蕉突然慢慢舉起握著手錶的那隻手，大力揮舞了起來——然後手錶就這樣從她手中飛了出去。

這一切就像在看慢速播放的電影，一心只想抓住手錶的若雲，眼睛追著那以完美拋物線飛過低矮橋欄的黑色手錶……使盡全力把手往前一伸……人便直直地往下墜。

在浸到冰涼河水、水花四濺的朦朧瞬間，她腦海閃過的最後一個念頭是：原來愛河以前……很乾淨呢……隨即便失去了意識。

＊

若雲對愛河最初的記憶，是一條又臭又髒的河。

小時候，若雲坐在媽媽的機車上，每當從民生路行經到國賓大飯店位置時，若雲就會開始憋氣，然後催促著媽媽騎快點，她快要憋不住了。

若雲不只一次問媽媽：「爲什麼這裡會這麼臭？」

「因爲很多人會朝裡面倒垃圾，還有小貓小狗死掉了，也會丟進去。」若雲嚇得下巴都要掉到地上。

當時的愛河對小若雲來說，是跟左營龍虎塔內的地獄繪卷一樣恐怖的等級。也因爲小時候的陰影太深，若雲有很長一段時間幾乎沒有再接近過愛河周邊。

所以她從來沒有想過，原來愛河不是一開始就這麼臭，至少在遙遠的日治時代，她還有跳下去的勇氣……

小孩的哭聲由遠而近漸漸清晰，若雲慢慢地睜開眼睛，朦朧中首先映入眼簾的是小宮泫然欲泣的臉，阿蕉在旁嚎啕大哭，後面站著一位戴著斗笠的人。

若雲咳了一口水出來，大口大口地喘氣。

「啊，醒了醒了！好家在好家在～沒有喝到太多水。唉唷，妳不會游泳要講啊！要不是我剛好划船路過吼……」那位戴斗笠的男子碎碎念著，看來是被剛好路過的船夫給救了。

若雲示意小宮伸出手，黑色的手錶就這樣輕輕落在小宮的手上。

「下次不要再弄丟了喔。」若雲那佈滿水滴的笑容，在太陽底下閃閃發光。

小宮目不轉睛地注視著她，瞬間忘了言語。

一旁的船夫突然發聲：**「好了好了，再不換衣服會感冒的。少年仔，你把那哭沒停的妹仔帶回家。」**他用下巴對著小宮示意。

「走！我帶妳去換衣服。」船夫對若雲說著，就把她打橫抱了起來。

「！」若雲吃了一驚，本想抵抗，但一瞥到斗笠下的臉後，便對小宮揮揮手，小宮只得愣愣地看著船夫和若雲走遠。

若雲把手繞上船夫的脖子，湊近耳邊輕聲問：「你什麼時候兼職當船夫了，九華？」

船夫瞇起左半邊的金色眼眸：「又做這種引人注目的事……」

「因爲你說過不會讓我死的嘛。」若雲得意地勾起唇角。

「連逼出我這點也計算進去了嗎……眞是不容小覷。下次不准再做這種危險的事了，知道嗎？」

而若雲第二次被九華用公主抱進王家，再度惹得王家人驚叫連連，又是另一段故事了。

＊

自從「跳高雄川事件」後，若雲一成不變的生活，有了一些變化。

變化一，雖然九華依舊神出鬼沒，但知道了九華並不會放她一個人自生自滅後，若雲終於落實了安全感，能夠更加安心地面對未知的新生活。

當九華難得出現的時候，兩人也會在若雲房內，應若雲要求，用「國語」大肆交談。

「妳日語不是學得不錯嗎？」

「是可以溝通了，不過還不夠熟練。而且還是講熟悉的語言最自在啊。」

「臺語呢？」

「也有變好很多，但偶爾還是會被笑……」若雲的臺語腔有時會被誤認爲外國人，讓她很是沮喪。

變化二，撿走小宮手錶的「犯人」謝阿蕉小妹妹，不知怎的也跑來三塊厝國語講習所上課了，還多帶了一位新同學——她的哥哥謝清田，暱稱阿田。

阿田剛從公學校畢業，本來想繼續升學，但全高雄州唯一一所中學——高雄中學校，對公學校出身的臺灣人來說實在太難考了，落榜的他只好放棄升學，開始幫忙家裡工作。但他非常想繼續學習「國語」，於是晚上就跟著阿蕉一起來上課了。

在這個沒辦法上國中是這麼理所當然的時代，若雲對於舉目所及的臺灣孩子，不是沒有上過學、就是只有小學學歷這點，感到不可思議。

阿田學習非常認眞，程度也不錯，只是大多時候都在安撫他那坐不住的小妹妹。若雲發現阿蕉跟人熟了之後變得聒噪，童言童語十分可愛，而若雲也樂於跟阿蕉講話，畢竟小孩子不會笑她的臺語發音。

變化三，戴著母親留給他的手錶的小宮，一掃之前的陰鬱，周圍的空氣開始產生變化，若雲發現小宮展現在她面前的表情跟話語，變得更加豐富。

感受到與朋友距離的拉近，她喜不自勝。

「好險浸水還修得好呢。」若雲愉快地對他說。

「是ＳＥＩＫＯ製的，很厲害。」小宮略顯得意。

生活看似一切都上了軌道，若雲不知道她何時才能回到現代，不過她很努力、並享受著目前的生活。

畢竟就如九華所說的，這種穿越時空的冒險，可不是人人都能遇到呢。

第二章

窗外的蟬聲叫得響亮。

小宮百般聊賴地望著窗外，漫不經心地轉著手中的筆，講臺上的授課聲，他一句也沒有聽進去。

「朕惟我皇祖皇宗，肇國宏遠，樹德深厚。我臣民，克忠克孝，億兆一心……」

噹噹噹——下課鐘響，原本莊嚴肅穆的教室內，瞬間盈滿興奮的笑語，即使是聚集高雄州內最用功、最頂級高材生的高雄中學校，學生們還是最喜歡下課時間了。

「進桑，你剛上課一直在發呆，真不像你耶。」渡邊雪夫碰的一聲，把便當放在小宮的桌上。

「應該是課太無聊了吧。」荒川七郎也拉了一把椅子過來，圍在小宮的桌邊。

渡邊不可置信地看向他，「你在說什麼啊！修身課最棒了！聽著都熱血振奮起來！我們都是天皇的赤子！哈哈哈！」渡邊口氣激昂，繼續說：「開學第一天讓人好沒勁啊，你們暑假都做了什麼？天氣太熱了，我去了好幾次西子灣海水浴場……對了，聽我爸說他有遇到你呀？」渡邊看向小宮，好奇地問。

他指的是渡邊警部——全名渡邊雪松——遇上若雲與小宮一事。

小宮點點頭。荒川一邊打開便當，一邊回道：「我暑假都在——」

「畫畫寫生畫畫寫生畫畫寫生，對吧？」渡邊幫他接續，然後兩人相視大笑，一起看向小宮。

「進桑你呢？暑假都做了什麼？」

「我去國語講習所幫忙教國語。」

渡邊拿在手上的便當蓋子，匡啷一聲掉了下來。

「國語講習所？是那個吧，教本島人國語的地方？所以那裡全都是一群不會講國語的人？哇，無法想像！」渡邊誇張地打了寒顫，「我們進桑就是人太好了，辛苦了，他們一定都很難教吧？」

「不會，大家都很認真學習，而且她很聰明，學得很快。」小宮一臉正經地回答，卻沒發現自己省略了最重要的部分。

「慢著，她？我有聽錯嗎？女人？」渡邊不可置信地問。

「嗯，有一位女孩程度很好，現在已經可以流暢對話了，而且漢字非常拿手，能夠閱讀很多漢字的書籍喔。」

就像展示自己的得意門生般，小宮老師有些驕傲地說。

「比渡邊你還厲害耶，你上次漢字小考是不是不及格？」

「吵死了荒川！」渡邊瞪著他那忍俊不禁的損友，大聲說：「哼，別笑死人了，我倒要看看區區一個本島人能多厲害。」

＊

由於各種先天優勢，現在若雲的日語程度，已遠遠凌駕於三塊厝國語講習所的其他人，同時會利用臺語協助小宮與學生之間的溝通，幾乎已成爲班上的小老師。「全職學生」的若雲體諒其他人白天有工作，對於班上一切大小事務總是樂意幫忙。

今天若雲一如往常，提早到教室張羅打掃時，發現來了兩位不速之客。

「跟妳介紹一下，這是我的同級生，渡邊雪夫與荒川七郎。」

小宮兩旁站著跟他穿同套制服的兩位少年，一位戴著圓框眼鏡、朝她輕輕點了個頭；一位個頭較矮、一臉不屑地斜視著她，這讓若雲想到了一個人。

「初次見面，我叫尹若雲，請多指教……？」若雲有些困惑，這是她第一次遇到除了小宮以外、年紀相仿的日本男生。

「不好意思這麼突然，他們說想來看看講習所。」小宮說。

「不會，沒關係的。」

突如其來的訪客，讓若雲還摸不著頭緒，渡邊卻突然訕笑了起來。

「哈，講這什麼臺灣國語，有夠好笑！」

若雲瞪大眼睛，跟記憶中那位討人厭的警官瞬間接上線，仔細一看還眞有點像。

「渡邊君！」小宮警告似地喝止。

渡邊雪夫一臉受傷，有別於小宮刻意的放慢，故意用正常語速飛快地說：「進桑你為什麼要庇護她？她講的離流暢根本還差得遠呢，本島人想學國語，實在不知天高地厚！」接著頭也不回地背起書包就走了。

荒川聳聳肩，對若雲說：「他只是在吃醋罷了，別太在意。」隨後跟著離去。

沒想到自己的兩位好友會是這樣的反應，小宮滿臉抱歉地對若雲說：「對不起，渡邊君平常人很好的，我不知道他怎麼會突然這樣……」

「嗯……沒關係……」

陸續抵達的學生，沖散了若雲與小宮之間尷尬的餘韻。

有別於第一次渡邊警官的汙辱，這次若雲幾乎能聽懂大半意思，感受到比上次更加強烈的衝擊。

「本島人」、「臺灣國語」……這些是在指稱她的字眼，從渡邊雪夫口中說出，竟感受到濃濃「低人一等」的意味。

這種從身分根本上被貶低的感覺，是若雲出生以來從來不曾體會過的。

沒來由被人嘲笑出身及語言，一股陌生的自我懷疑與憤怒，令若雲忍不住在桌子底下握緊拳頭。

＊

「我決定要去工作！」

爲了證明自己並非「低人一等」，若雲被渡邊雪夫激得急於證明自己的能力。

雖然王定彥一家對她非常禮遇，但繼續白吃白住下去，她心裡也過意不去。現在的她，自認已經不是一開始那個連日語都說不好的廢人了；現在的她，已經可以用語言跟這時代的人溝通，應該是有用的……吧？

「唉，我知道妳不服輸，但妳不用工作也可以的吧？王哥人這麼好，又有錢，他才不缺妳一個食客咧。」

難得這天九華又來找若雲，卻毫不客氣地潑了桶冷水。

「有什麼工作是我能做的呢？」若雲不理會，興致勃勃地翻開報紙——《高雄新報》是一份高雄在地的報紙，有別於現代的報紙動輒好幾十版，日治時代因爲人口與物料因素，整份報紙才四、五頁便翻完了。

九華在一旁慢條斯理地喝著茶，問道：「如何？」

若雲的臉垮了下來：「限公小學校畢業、限女學校畢業、限內地人……天啊我沒有一個符合資格！怎麼會這麼多設限？這根本就是歧視嘛！」

「妳現在才知道啊。」

若雲不甘心，沒想到在現代品學兼優的她，在這裡竟像個廢人似的，什麼也做不了，她的自尊心實在不容許這種事發生。

她歪頭想了想，若在現代，高中生的她會找什麼打工？

「超商店員？」

「這裡百貨小姐需要小學校畢業。」

「咖啡廳服務生？」

「這裡女給要給人摸屁股的。」

無視若雲吃驚的表情，九華繼續補充：「老師、產婆、護士這些都須具備一定學歷與專業度，車掌小姐妳會暈車不行（若雲：你怎麼知道我會暈車？），工廠裡沒有冷氣妳也做不來女工，電話接線生……嗯，現在高雄都用自動電話了。」

九華毫不留情烙了一連串否定的話，讓若雲的心盪到谷底。

看著若雲垂頭喪氣的樣子，九華放下茶杯，嘆口氣道：「好啦，不用太著急，先從妳可以做到的事去做就好了，例如……幫王哥跑跑腿？」

若雲瞬間意會到他的意思，眼睛一亮，三步併兩步地衝下樓。

之後帶著勝利的笑容回到房間時，她已經得到了一份雖微不足道、卻對她有重大意義的第一份工作。

＊

對王家來說，本是應當禮遇的小客人，還讓她幫忙工作成何體統，但在若雲的千拜託萬求情下，他們才勉強讓步給她工作——即是幫忙王家商店到客戶家送送發貨單、買買東西等的小跑腿。

硬要說，這可能連「工作」都稱不上，不過對於不屬於日本時代的若雲來說，能在不進到體制內的範圍內，有除了上課以外的事情做，已經非常感激。

很快的，第一份工作來了。

王定彥先生請她去一家「東洋旅館」領忘記拿的收據。

為了躲避高雄毒辣的太陽，若雲遁身進亭仔腳裡，身旁流過來來往往的人潮。她低頭專心研究地圖，不小心與從一旁猛然竄出的人撞個正著。

「哎唷！對不起……」

若雲道歉完定睛一看，發現竟是阿田。

阿田看到若雲，雙眼立刻發亮，劈頭就對她說：「小雲！**遇到妳眞剛好，妳可以幫我一個忙嗎？**」

若雲注意到他手上拿著一本相冊，再看看阿田剛走出的店鋪，上頭寫著「榮安寫眞館」，疑惑地問：「**你來拿相片嗎？**」

「**不是，這是我家，我要拿相片去給人客。**」

原來阿田阿蕉家是開寫眞館的。

「**如果我幫得上忙的話，可以啊。**」

「**太感謝妳了，妳一定幫得上忙的！**」阿田彷彿遇到救星般，感激不已。

阿田說，照片的客戶是一位叫大谷光瑞的人，現在人還在高雄市役所演講，好像是一位非常厲害的日本人。阿田怕自己的「國語」會失禮，希望「國語」流利的小雲陪著他壯膽。其實認眞的阿田，他的日語程度已經算得上國語講習所內的前三名，不知道他爲什麼對「國語」這麼沒有自信？還是他這種有些膽小的地方，本來就是他的個性呢？若雲暗揣。

大谷光瑞在大港埔[6]有一棟名叫「逍遙園」的別墅，他們在前往的途中，經過一間菜市場，感覺到不自然的人群騷動，兩人好奇跟著路人上前一看，只見兩位巡查[7]站在一菜販前正在盤查。

「**你再說一次，多少錢啊？**」一位胖嘟嘟的日本巡查，操著生硬的臺語喝道。

「**剛好兩、兩斤，因爲是大人要的，所以……**」穿著滿是補丁的舊衣的菜販怯然回道。

---

6 今高雄市新興區的舊名。

7 日治時代的基層警察。

「**稱仔壞了吧？**」另一位瘦如竹竿的巡查涼涼地說，聽口音是臺灣人。

「**不，還新新的呢。**」菜販老實地回答。

一旁圍觀人群中的低語飄進若雲的耳裡。

「**嘖嘖，新來的不懂規矩，竟敢跟四腳仔收錢，可憐哪。**」

「**聽說那個姓吳的三腳仔，比四腳仔更恐怖哩，實在不知廉恥。**」

胖巡查抖動著他垂著贅肉的下巴，大吼：「**拿過來！**」

菜販不明所以，只得雙手捧上，補充一句：「**稱花還很明瞭。**」

胖巡查接過後隨意端詳一下，便說：「**不能用了，拿到警署去。**」

菜販聽了大感不明，無辜地問：「**什麼緣故？不能修理嗎？**」

「**不去嗎？幹你娘！**」

胖巡查勃然大怒，把手中的稱仔就要往地上砸的瞬間——

「等一下！」

在這臺灣人的市場中，突然響起一把高亢的日語女聲，令全場霎時靜音。

阿田根本來不及阻止，只能驚恐地望著若雲大步向前的背影。

「……妳是誰啊？」胖巡查詫異地瞪大眼睛，看著若雲氣勢騰騰地來到面前。

「買東西要付錢吧。」若雲毫不畏懼地揚起臉，對上胖巡查那些許慌張的眼神。

胖巡查像是被羞辱般，惱羞成怒地說：「當、當然要付錢！」

「那您就付兩斤的錢給他啊。」
「妳、妳在說什麼……現在是他稱壞了的問題！」
胖巡查憤怒到下巴肥肉不受控地抖動，若雲不動聲色，拿下他手上的稱仔，看了看說：
「可是看起來還很新耶？您可以告訴我是哪裡壞了嗎？」
突然冒出一位操著流利日語的少女，與「大人」對峙——這景象實在太超脫現實，現場瀰漫著一股詭異的氣氛，就連那兩位巡查也因突如其來的異況，一時之間不知道該作何反應。
此時，一道涼涼的聲音從旁響起。
「發生了什麼事啊？」
渡邊雪夫慢條斯理地走了過來。
兩位巡查一看到渡邊，便像小嘍囉看到老大般湊上前去。
「渡邊少爺。」
「喔，松村桑，吳兩桑，辛苦了。」
若雲瞪大眼睛，看著兩位成年人恭維一位中學生的滑稽光景。
她現在幾乎可以確定，渡邊雪夫就是若雲第一次遇到的那位「渡邊桑」的兒子。
「……所以說，這個菜販違反了度量衡法，」聽了兩位巡查打的小報告，渡邊看向若雲，浮起不屑的笑容說道，「而這傢伙，則在妨礙我們警察執法，還汙辱警察，是嗎？」

若雲聞言皺了皺眉：「我才沒有汙辱警察，是他們先找碴的，而且我也不叫這傢伙……你明明知道我名字的吧？」

「什麼……」沒想到會在大庭廣眾之下被反問，渡邊惱羞成怒，「區區一個本島人，回什麼嘴！」

兩位巡查疑惑地來回掃視著渡邊與若雲。

「渡邊少爺，您認識她嗎？」

「誰認識啊！」

原本還從容不迫的渡邊，被若雲弄得有些狼狽，他裝模作樣地咳咳兩聲，重整態勢：「做生意的，拿著壞掉的稱騙取錢財就是不對，把稱交上來，不然就是跟我們去警察署。」

即使未完全聽懂，看那動作與語氣也能略知一二，菜販驚得涙涕縱橫：「**冤枉啊！大人，真的冤枉啊！**」

這實在太沒有道理，明明就是警察買東西不想給錢，還刻意刁難！

若雲大感不平，她見周遭窸窣耳語越來越大聲、越來越多人圍觀……決定賭一把！

「要看有沒有壞，跟其他的稱比對看看就知道了吧？」若雲眼睛眨也不眨，直視著渡邊，不容他移開視線，「如果真的壞了，那就隨你們處置，如果沒壞的話……」

「好啊！誰怕誰。」渡邊哼了一聲。

「**有誰可以借稱仔給我們？讓我們試試看這稱仔是不是真的有壞。**」若雲向周圍高聲問著。

渡邊用著一臉「誰敢借稱，誰就死定了」的凶狠表情怒瞪眾人，加上松村與吳兩不斷刻意摸著腰間的配刀，圍觀的人群幾乎全噤了聲，有些人甚至開始掉頭離去。

看到這景象的渡邊一行人很是得意。

「本島人自己也不挺，有什麼辦法呢，哈哈。」

聽到這句話，若雲感覺自己腦中好像有什麼啪的一聲斷了，咬了咬唇，更加重語氣地大聲喊話。

「不想繼續被這樣欺負下去的話，就拿出勇氣改變吧！什麼都不做，永遠都不會變好啊！」

「她在喊什麼？」看著反而越來越多的民眾離開現場，渡邊側首問一旁的吳兩。

吳兩鼻子哼出不屑的笑：「無須費心，反正沒有人理她。」

渡邊見狀，大笑了起來：「也是！喂喂喂，妳說說看怎麼辦啊？根本沒有人要借稱耶，那我們也只好把稱帶回警署囉，順便記上妳一條戲弄警察的罪——」

「這裡有一桿！」

「我也可以借！」

「這裡也有！」

忽然一聲叫喊起頭，接下來便是此起彼落的叫喊，不斷從四面八方湧入。

原本已散光的人圈不知何時再度被塡滿，渡邊一行人看著僅不到幾分鐘的時間，陸續有人手上捧著稱仔圍過來，舉目所及隨便都有超過十幾把各式各樣的稱仔，不禁瞠目結舌。

原來那些離去的人是回去拿稱仔過來！

渡邊滿臉不甘心地對上若雲充滿勝利的笑容。

「怎麼樣，這些稱夠比對了嗎？」若雲刻意裝可愛，嬌聲向渡邊問道。

「松村桑！」渡邊大吼一聲，松村急忙忙地跑到跟前，「你比對看看那把稱是不是真的壞了。」只見松村支吾其詞、遲遲不敢動作，渡邊瞪著他，臉色一陣青一陣白，「喂喂，不會吧……你們真是……」

「該死！」渡邊啐了一聲，隨卽頭也不回地離開現場。

松村吳兩那一胖一瘦的顯眼身型，像典型的壞蛋逃跑般烙下一句，「你們給我記著！」便狼狽地跟在渡邊身後離去。

待他們走遠後，圍觀群衆爆出一陣歡呼。

「**妹仔，妳眞厲害啊！幫我們出一口氣。**」

「**果然日本話要學好，才能跟臭狗仔嗆聲咧！不然都聽不懂。**」

「**她哪裡來的？怎麼以前沒看過？**」

「**聽說是王家的……**」

眼見總算是挺過了這一關，若雲如釋重負地長吁一口氣。

好險賭贏了！感謝高雄的鄉親父老。

此時阿田衝了出來，驚魂未定地對若雲說：「**我、我還以爲妳會被抓走！**」

「**我又沒犯錯，他們憑什麼抓我？**」若雲理直氣壯，理所當然地說著「正論」。

「**哎，妳不知道……**」阿田有些浮躁地抓抓頭，「**妳好奇怪，一般人哪會做這種事？**」

「**難道你都不會覺得生氣嗎？**」若雲愕然。

看到象徵著「正義」的警察竟帶頭作亂，若雲都快氣炸了！沒想到竟會從阿田話中嗅到責備她的味道，若雲不可置信。

「**已經習慣了。**」

阿田淡漠的語氣，令若雲忍不住在心中抱頭吶喊：不要習慣這種事啊啊啊！

「**阿田聽著，不要習慣這種事，遇到不合理的事就要挺身反抗，如果什麼都不做，難道一直給人欺負到死？**」

「**可是他們是『大人』……**」阿田瑟縮了一下，「**而且旁邊的人一定會罵我的，我會害他們處境變得更糟。**」

「**太奇怪了，在我的時代，反而是第一個站出頭的人會被當英雄呢！**」

阿田一臉困惑地回望著她。

看著這樣的阿田，若雲有種強烈的恨鐵不成鋼感，不禁嘆口氣，搖了搖頭。

之後，他們順利把相冊送達大谷光瑞的逍遙園別墅，若雲也找到了東洋旅館並拿回收據，基於王家的好意，若雲甚至還拿到了薪水。

成功完成了第一次小小的跑腿工作，還解救了一位臺灣人菜販而被當成英雄，若雲非常滿意自己當天的表現。

直到隔天，若雲從九華口中得知，那個市場被下令關閉一週的消息。

「怎麼、會……」若雲登時晴天霹靂，「是……是因爲我嗎？」

「……」

面對九華的沉默，若雲倒抽一口氣，身體彷彿一下被抽空。

她顫聲再問：「那個……那個菜販……沒事嗎？」

「被抓去關了，聽說要關一個月。」

若雲完全說不出話來了。

在現代，遇到麻煩要找警察；但在這裡，是警察帶頭找麻煩。

若雲第一次知道了，任何義正嚴詞的「正論」，在威權統治的國家——殖民地的臺灣——是行不通的。

這也暴露出，她仗著自己未來人的身分，無意識顯露出的高姿態是多麼傲慢可笑。

若雲終於懂了，爲什麼阿田對上「國語」、「大人」等日本的東西會異常怯懦的原因：不是他本身的個性使然，而是殖民地的環境下造就而成，是深深根植浸透於日常生活中，小至言語霸凌、大至經濟體制的絕對控制，如呼吸般自然地存在於空氣中。

久了，那恐懼便會轉為「習慣」，進而變成「常識」。巡查的那一句「你們給我記著！」不是典型壞蛋空有威嚇的虛言，而是會眞眞實實執行的權力。

若雲想到昨天那麼大言不慚地大放厥詞，結果現在反而害到了那些幫助她的人們，甚至還自以為是地看輕阿田……

穿越以來第一次感受到的「文化衝擊」如此巨大，只要一想到自己一時的衝動行事，害得多少臺灣人失去一週的生計與物資來源、害得那位貧困的菜販身陷囹圄，巨大的罪惡感與羞愧感緊緊攫住若雲，令她雙膝一軟。

九華趕緊扶住她，嘆了口氣道：「生活在日本時代的臺灣人，他們的反應、他們的感受、他們的傷痛，不是我們可以隨意插手或評斷好壞的。套用在任何事情都一樣，沒有去理解當下他們的處境就評論，是不道德的。」

見若雲顫抖得越來越厲害，九華補上一句。

「不過，我懂妳想要在這裡做點什麼的心情。」

憑藉著現代人進步的知識與價值觀，穿越到過去會想做點什麼，是人之常情。

「沒有任何一件事是沒有意義的，妳做的事一定會在未來影響到某些人。不要想太多，繼續做妳能力所及、做妳認為對的事情，就好了。」

面對九華的安慰，若雲連連點頭，卻仍止不住懊悔的眼淚滴滴落在地上。

＊

時序來到十月，若雲發現街上跟以往有些不一樣，沿路兩旁商店住家都掛上了一顆顆白色的大型提燈，一股歡騰的氣氛正在醞釀著。

阿田說是日本人的「迎金比羅」，也就是每年一次在十月底舉行的「高雄神社祭」。

高雄竟然有神社！還有例年祭典！

能夠親眼見證歷史課本上的內容，若雲當然要去湊熱鬧。

祭典當天，她興奮地擠進圍觀的人群中，看到穿著祭典服、頭綁帶子的日本人，抬著三座神輿搖搖擺擺地在路上行進，神輿上華麗的金屬吊飾跟著一上一下、叮叮噹噹清脆地響著。神輿經過眼前，大家都得立正敬禮。

緊接在神輿後面的是，日本神話裡各路神明的變妝遊行隊伍，有小小孩看到戴著鮮紅面具的大紅鼻子天狗，嚇得哭了起來。

神輿隊伍幾乎繞遍了整個高雄市街，噼子、鉦鼓喧天的雅樂不絕於耳，加上抬轎人與圍觀群眾的吆喝聲，熱鬧的情緒一嗨起來，沿街住民還會從自家樓上扔東西下來。

到了晚上，街道兩旁的大型提燈齊亮，在光害甚少的日本時代，耀眼得宛如照起一條通往山頂的天燈大道。氣氛感染下大家無不喧囂歡騰，只是要小心不要撞到了興頭一熱就喝多了的醉漢了。

第一次知道高雄有神社，但從來沒去過的若雲，對著唯一認識的日本人——小宮進，眨起閃亮亮、渴望的大眼睛……小宮只好帶著三位臺灣人——若雲、阿蕉和阿田，一起去「神社參拜」啦！

高雄神社位於壽山上，主要祀奉大物主神、崇德天皇和能久親王。今年適逢皇紀兩千六百年，接續十月的祭典氣氛，參拜的人潮是絡繹不絕。

他們跟著參拜人潮，沿著鬱鬱蒼蒼的神社參道一路爬上壽山。

這是若雲穿越過來後第一次上壽山，她對壽山的印象是，小時候曾被千交代萬叮嚀說爬壽山不能帶食物，她不懂爲什麼，還是偷偷把蘋果放在粉紅色的米妮背包裡，想說爬累了可以吃。

沒想到竟然遭遇到臺灣獼猴，神不知鬼不覺地跳到她身上把後背包打開、把裡面搜刮得一乾二淨。當時被野生動物襲擊的恐懼，讓小若雲留下了不小的陰影，還從此討厭起粉紅色來。

「呀——討厭！不要啊啊啊！」

在他們走過一位被猴子騷擾、大聲尖叫的和服女性身旁時，若雲心想，沒想到在日本時代也能見到一樣的光景，確信了壽山猴子從以前就很飆悍了吶。

穿過涼爽、充滿綠意的參道，眼前出現了兩座大石燈籠，後面壯觀地聳立著一座灰白色的大鳥居。
在大鳥居左方不遠處，一幅奇怪的畫面吸引了若雲他們的注意。
有一個人正在用手挖土。
在這大家都穿上漂亮華美的衣服來參拜的慶典時刻，那個人滿身的泥土，熱心異常地用手不斷挖著路邊的土，讓他更顯突兀。
「土屋老師？」沒想到是小宮先開口搭話了。
「啊？是小宮君啊。」
土屋先生停下手邊工作，手欲抹掉臉上的汗，卻令臉上沾了更多泥土。
「你們來參拜神社嗎？我也是來參拜神社的，但看到疑似骨頭的東西，就忍不住挖了起來。」他不好意思地笑著。
「老師，這個給您擦臉。」小宮拿出手帕。
「哎呀不用麻煩了，汗我用手擦一擦就行啦。」
土屋先生沒有意會到小宮的意思，更加大力地用手抹了抹自己的臉。
若雲別過頭去，不忍直視。
「你們快去參拜吧，我挖完這邊就跟上……喔喔！這難道是貝殼？不對，這也可能是某個石器碎片？還是……只是狗骨頭？」
土屋先生一邊喃喃自語，一邊再度埋首於他的挖土作業中。

若雲他們轉回右方，跟上參拜人群。

「那是你學校的老師嗎？」若雲問。

「嗯，很喜歡考古。」小宮答。

他們穿過第一座大鳥居，沿途兩列的小石燈籠夾道歡迎，再左轉過一個彎後，出現在眼前的是一個彷彿通天般又大又寬的大階梯，讓若雲跟阿蕉忍不住發出一聲哇！的驚嘆，而阿田則在一旁得意地說：「**之前學校**老師**就有帶我們來過了，所以我早就看過啦！**」

大階梯上爬滿了如螞蟻般的參拜人潮，階梯右側的空地上有間賣茶點的小木屋，旁邊立著一座砲彈模型。

大階梯兩側各有一尊可愛小巧的貊犬，一隻嘴巴緊閉、一隻嘴巴大開。

他們跟隨人潮爬上階梯，阿田一馬當先地往上衝，小宮居中，不時停下等後面牽著阿蕉的若雲跟上。

——不一樣的氣味。

一聲呢喃忽地劃過若雲耳邊，她猛然回頭，對上的是阿蕉疑惑的歪頭。

「**妳剛剛有說話嗎？**」若雲問。

「**沒有？**」

不可能是阿蕉，因爲聽起來像小男孩的聲音。

還是擦肩而過的小孩？她一時想不起來是臺語還日語，因爲那聲音若有似無到彷彿風聲一般。

等到他們爬上大階梯頂部，阿田站在鳥居旁的黑色神馬雕像前，已等得一臉不耐。

他們穿過第二座鳥居，踏上兩旁綿延的石燈籠參道。腹地變大，人群跟著四溢開來，若雲怕走散，下意識地抓起身旁兩人的手，阿蕉開心地回握，而另一位——小宮則像觸電般甩開。

兩人皆是一愣。

「——抱歉。」太陽曬得小宮耳朵都紅了。

「沒事……我只是想說怕走散，牽手會不會比較好……」若雲有些尷尬地收回手。

「為什麼說得那麼理所當然……這些都是誰教妳的？」

「我跟青梅竹馬都這樣啊！」

小宮皺起眉頭，好似在責怪那個素未謀面的青梅竹馬。

若雲則聳聳肩，開玩笑地說：「那你可不要走散了喔！」

爬上一段小階梯後穿過第三道鳥居，他們先去左邊的手洗所洗手，小宮教他們參拜神社前務必要把手洗乾淨，接著加入長長的參拜隊伍。

眼前還有第四道鳥居，後面才是他們要參拜的「拜殿」。

若雲心想也太多鳥居了，一邊漫不經心地目送幾位穿著華美狩衣的神職人員，從右邊的社務所忙進忙出的模樣。

排隊間著也是沒事，阿田跟阿蕉玩起了遊戲，即一個人站在另一個人的背後，後面的人猛然半蹲，利用彎曲的膝蓋去撞擊前面人的後膝。

若雲不可思議地看著這個小時候也玩過的遊戲，沒想到在日治時代就有了。

阿蕉高分貝的笑聲，惹得周圍幾位穿著和服的日本人開始發出嘖嘖聲。

在一次撞擊中，阿蕉失去重心，噗通一聲跌倒在地，阿田與小宮趕緊安撫，怕她大哭引起注目。

這時他們才發現，本該牽著阿蕉的若雲不知何時消失了。

——就在他們往前跨過第四道鳥居的瞬間。

＊

清脆如鳥鳴般的笛聲，綿長而悠久地響著。

那魔性的抑揚頓挫，令若雲陷入一種陶醉的恍惚。

所有的人潮、建築物、鳥居全都不見了，四面八方盡是濃厚清冷的白霧。

孤身一人的若雲眼前，矗立著一座神聖雄偉的神殿，好像是這虛無空曠的白色世界裡唯一的存在。

——不一樣的氣味。

那道聲音再度響起，證明了早先的並非錯覺。若雲看到神殿兩側各站著一男一女的小孩子，好似雙胞胎兄妹，身上穿著跟神職人員相似的華麗狩衣。

——不一樣的氣味。

兩人都面無表情地望著她，只有男孩如機械般不斷複誦這句話，女孩則嘴巴緊閉、不發一語。

悠揚的笛聲毫無預警，戛然而止。

叮鈴！一叢清脆的鈴鐺聲響起，一道聲音直落在若雲腦中。

——汝非此世之人。

與男孩稚嫩的嗓音不同，那聲音虛無飄渺、神聖莊嚴，帶著一股強大的威嚴，壓得她雙膝一下跪地。想要開口，聲音卻堵在喉嚨，全身上下無法動彈。

——池水にかげは　さやかにうつれども　手にとりがたき　冬の夜の月。

（即便是倒影　明亮照池水　仍然難掬取　冬夜之月亮）

那聲音輕輕吟了一段和歌，音調優美而哀淒，若雲眼眶不由自主地泛起淚光。

叮鈴！隨著一叢清脆的鈴鐺聲再度響起，四周的白霧開始消散，逐漸透出周遭景象的色彩，一把驚訝的男聲衝散最後一縷白煙。

「喂，妳！怎麼會在那裡？」

雙胞胎不見了，四周的景象恢復了，但眼前的神殿依然矗立。

一位神官不可置信地朝若雲疾走了過來，「這裡是外人禁止進入的神殿區，妳是怎麼跑進來的？」

「我……」若雲這才發現，自己好像位處於拜殿後方、禁止任何人進入的神殿區。

見若雲一臉恍惚，神官急急忙忙地先將她帶出去，以免被人看見。

若雲被帶到社務所裡，很快的，小宮他們上氣不接下氣地出現在門口。

「走……走散的……是……是妳吧！」

「小宮桑……對不起。」

神社方面沒有多說什麼，便趕緊讓小宮他們把若雲接走，畢竟被一位少女闖進神殿禁區裡的消息若傳出去，他們的面子可要掃地了。

阿蕉臉上掛著淚痕，她緊緊牽住若雲的手，好像一輩子也不會再放開。

阿田忍不住問：「**妳是跑去哪裡了？我們整整找妳兩個小時耶！**」

「**兩個小時？**」若雲大驚，就她的體感應該不超過五分鐘啊。

「**吼！因爲妳，我們拜神要重新排隊了啦！**」

若雲眼神飄緲，輕聲呢喃道：「**也許我已經拜過神了也不一定。**」

一旁的小宮沉默地聽著，低聲吐出了一個單字。

「神隱。」

正當若雲想問這是什麼意思的時候，阿蕉突然鬆開了手，抓著什麼伸到她跟前。

「小雲，**妳的手裡有東西**。」

若雲伸出手接過，一個御守靜靜地落在她的掌心上。

＊

爲了慶祝皇紀兩千六百年，臺灣各地舉辦了非常盛大的「奉祝」活動。高雄州也不遑多讓，有球技、體育、美術、音樂、舞蹈大會等一連串的活動供市民參加，其中熱血的奉祝武道大會，十一月底於哈瑪星的振武館舉行。

一身全副武裝著劍道服的小宮，此刻正身形直挺地跪坐在選手等候區，汗水從太陽穴滑落臉頰，他只希望能趕快比完趕快結束。

位處南國的高雄，十一月終於也入了秋，只是在這擠滿了百來位參賽與觀賽者的振武館裡，響亮的踏地聲、竹劍互相撞擊的啪啪響聲，和著汗味充斥其中，還是令人感到沉悶難耐。

終於輪到小宮上場，這是決定一二名的最後一戰，對上的是與他同班的莊炳輝。

兩人敬禮後，平舉著劍，面對面蹲踞，然後一聲喝令比賽開始！

兩人踏著尖步，保持一定距離，緩緩地邊畫圓邊靠近對方。小宮低吼一聲，忽地劈向莊炳輝的手腕，莊炳輝用竹劍擋下反壓了回去，兩隻竹劍交叉著互相角力。下一秒莊炳輝猛然抽掉竹劍，看準小宮失去重心的那瞬間，大吼一聲迅速擊中他的面罩。

「面！」

武道大會採取的是誰先得到第一分就獲勝的「一本勝負」，不到幾分鐘便勝負已定。

小宮長吁一口氣，他記得莊桑不只課業成績優異、劍道也非常厲害，這次對上果然名不虛傳。現在他只想趕快去路邊買杯冬瓜茶解解渴。

＊

碰！莊炳輝被狠狠推在振武館的牆上。

這裡不是哈瑪星的振武館，而是高雄中學校內的振武館一隅。

莊炳輝心想這一天終於還是來了，他憤恨地看著眼前推他的罪魁禍首。

「聽說你在武道大會上贏了進桑，是嗎？」渡邊雪夫，此刻正目光炯炯地審問著他。

從小成績優異的莊炳輝，在日本教育下已習慣使用「國語」、用「國語」思考、認為自己是個堂堂正正的日本人，但這些認同，在他考進高雄中學校後，被徹底摧毀。

「你呀[8]，怎麼不說話？還是要叫你清國奴[9]你才會回話？」

8　リーヤ：日本人故意模仿臺灣人說「你呀」的臺語發音。

9　チャンコロ：日治時代常見於日本人對臺灣人的蔑稱。

渡邊身後那群狐群狗黨吃吃笑了起來。

「我不是清國奴。」

「喔喔，回話了！真的是清國奴耶～」渡邊大笑，「你還沒回答我的問題呢。」

語音未落，莊炳輝感到肚子一陣痛楚，他被揍了一拳。

「咳、咳……贏了、又怎麼樣。」

「臺灣人怎麼可以贏日本人呢？」

青春時期的中學時期，學校裡霸凌非常常見，而霸凌的理由也千奇百怪，甚至沒有理由。

不過在日治時代，霸凌的理由卻不約而同、千篇一律都只有一個——因爲你是臺灣人。

「一定是使了什麼小手段。」

「我沒……！」右臉挨了一拳。

「清國奴，我有叫你回話嗎？」左臉又挨了一拳。

「我……我是靠自己的力量取勝的！」努力的成果卻被說是作弊得來，這對自尊心高的莊炳輝是極大的污辱，他不甘示弱地喊道。

這反抗似的舉動惹得渡邊更加生氣，他發了瘋似地不斷落拳在莊炳輝身上，一邊說：「該死！回什麼嘴！臺灣人沒資格回嘴！你跟那傢伙一樣……令人感到噁心！」

突然，一個把風的同夥著急地跑過來：「欸，我好像看到紅鼻子走過來了！」

渡邊瞬間停手，嘖了一聲，說：「哼，算你好運，下次記得要認清自己的身分。」

隨即一群人慌慌張張地離去，接下來被暱稱爲紅鼻子的赤澤老師果眞路過，看到莊炳輝的模樣吃了一驚，立刻帶他去醫療室。

出身一般臺灣人家庭的莊炳輝，天資聰穎、成績優異，一直以身爲日本人爲榮。直到考進了以日本人爲主的高雄中學校，才發現跟以往臺灣人爲主的公學校，完全是兩個世界。

頻繁的校園霸凌，讓他就算不想，也得承認自己根本「不被當日本人」的事實。

渡邊雪夫仗著自己有個警部父親，一直以來，總是一副高高在上、瞧不起所有人的傲慢模樣，不知爲何，最近他對臺灣人的歧視更是變本加厲。

莊早有預感自己會被盯上，尤其這次還贏了渡邊的好友小宮，他一定更加不甘心。

——到底憑什麼！才不想輸給你們！

莊炳輝舔了舔流血的嘴唇，屈辱地握緊拳頭。

什麼叫認清自己的身分？我的身分是什麼？臺灣人的身分又是什麼？

莊只知道，從這一刻起他在心中發誓——既然他當不成日本人了，那他就要當一個堂堂正正的臺灣人，抗爭到底！

第三章

翩然走過新的一年。

不像現代，大家會放煙火開趴、大肆慶祝跨年，若雲發現日治時代的臺灣人並不怎麼在意一月一日這個日子，只有日本人他們會在門上掛門松、搗麻糬、舉辦各式熱鬧的新年會。

到了舊曆新年，臺灣社會才蠢蠢欲動了起來。除夕、回娘家、接神、拜天公……這些在皇民化政策下被嚴格禁止的活動，臺灣人會使盡千方百計、私底下偷偷地進行。

跟現代大家會一起依序過新年和農曆年的感覺不同，在這裡，像是生活在同一個地方的兩個不同族群被劃開、各自過各自的時間一樣。

若雲的跑腿工作做得越來越熟練，不再像一開始隨時手拿著地圖、到處迷路的外地人，她對日治時代高雄市區的街巷已經很熟悉，甚至跟一些店家老闆和客戶熟識了起來。

這天，她先去新濱町的楊天送家拿貨運單，接著去施闊嘴接骨院送誕生賀禮，他們一月剛生了一個兒子，鹽埕町公認的美人——施老闆娘還請她喝茶，最後又風塵僕僕地到慶雲藥房幫王家抓些中藥，跟櫃檯話家常了一番。

若雲感覺自己終於漸漸融入了這個時代，擁有歸屬感令她倍感欣慰。

今天晚上沒有國語講習所的課，正當若雲在思考是否要去圖書館看書時，旁邊店舖的亭仔腳傳來大分貝的爭吵聲，吸引了她的注意。

兩位男子正在爭辯著什麼，而一位小女孩頭低低的，小手緊緊抓著其中一位男子的褲子。

「……**阿蕉？**」若雲這才發現自己走到了榮安寫眞館前。

阿蕉抬起頭，愛哭鬼的她毫不意外臉上又有淚痕，她抽抽鼻子地抱向若雲：「小雲……」

兩位男子爭吵到沒有發現若雲的到來，若雲從他們的爭吵內容可以得知，一位是阿蕉的爸爸，而另一位是學校的老師。

「**她已經到了可以讀冊的年紀，必須來上國民學校才行。**」

「**不用！查某讀什麼冊！讀冊沒路用啦！**」

「**你不能剝奪她受教育的機會……**」

「**免免免！長大還不是嫁給別人的，當然要趁現在好好幫我們賺錢！**」

若雲感覺懷中的阿蕉動了一下，忍不住怒火中燒，插嘴道：

「**什麼叫別人的！就算結婚了阿蕉永遠是她自己！而且讀冊很重要，當然要讓她去學校！**」

爭吵的兩人這時才驚覺若雲的存在，但阿蕉父親隨即對若雲大聲說起教來：「**妳誰啊？**

不用妳管，這是我們家的事！我們沒有錢讓她去讀冊啦！」

「**你不是有讓阿田讀冊嗎？為什麼阿蕉就不行？**」

「**因為阿田是查埔啊，查某長大是別人的，讓她讀冊沒路用！**」

「**查某當然可以讀冊！**」

兩人都秉持著自己認為理所當然的價值觀在對峙，卻彷彿平行線一樣毫無交集。若雲感覺得到，她正在推動這名為舊時代價值觀的高牆，但光憑她一個人，當然是無法撼動半分。

「**這是官廳規定的，到時候你也是不得不從。**」眼見一時半刻無法說服，一旁的臺灣人老師刻意提到「官廳」，暗示若不遵從，接下來就是政府公權力的介入了。

阿蕉父親怒視著學校老師的離去，低聲碎碎念了幾句，隨即對阿蕉大吼：「**要晚上了，還不快準備去菜店！**」

菜店？若雲還在困惑沒聽過的臺語單字，阿蕉已經迅速地進屋，出來時，手裡提著一籠鴨肉。

＊

阿蕉帶著若雲來到一間名叫「壽榮閣」的「菜店」，竟就在稍早才去過的施闊嘴接骨院的隔壁，是鹽埕町一棟三層樓的酒家。

原來臺語的菜店，是酒家的意思。

阿蕉說，阿嬤會做鴨肉讓她來這邊賣，若雲則無法置信，阿蕉父親竟獨自讓一個六歲的小女孩來這種聲色場所？到底是想賺錢想瘋了吧！

這裡充滿著胭脂菸酒的淫靡氣味，讓第一次來這種地方的若雲非常不自在，但阿蕉好像已經很習慣，尤其今天有若雲陪著她更開心，本來就愛講話的她話匣子遮不住，滔滔不絕地說著。

「小雲我跟妳說，之前這邊有人從三樓摔下來，但是竟然沒死，很厲害吧！還有喔，因爲我有跟妳還有小宮老師學日本話，有時候遇到日本仔人客我就會跟他說『晚安』，他很高興就會買我的肉喔！我？我才不怕！沒遇到什麼事啊，阿姐們人都很好，我最喜歡有一位日本話很厲害的阿姐，她很疼我，叫……啊、金月阿姐！」

才剛說完，阿蕉就對著前方揮揮手，一位略施胭脂的少女笑著往這邊走了過來，看到若雲面露一絲訝異。

「阿蕉妳又來了啊，今天還帶了位漂亮小姐喔。」

若雲心想果然是縱橫情場的小姐，很會說話。

「小雲今天是陪我來的！」阿蕉開心地說。

「小雲？」

「啊，我們上同一個國語講習所，爲了方便就用日本話。」若雲解釋。

不知道從什麼時候開始，比起臺語，阿蕉他們更喜歡叫她的小名——小雲的日語發音。

沒想到，金月突然眼睛亮了起來，興奮地說：**「哇！所以妳會講日本話嗎？不知道可不可以……」**話還沒說完，突然從店內傳來匡啷啷——玻璃破掉的清脆聲響。

她們三人回頭一看，只見一張桌子旁散落著大片酒瓶的碎玻璃，一位客人頂著紅通通的臉，正在大發酒瘋。

「這是什麼難喝的酒……喂！快把你們店裡最好的酒都上上來啊！」

若雲聽到一旁竊竊私語。

「又是那個狗仔。」

「喝這麼多瓶還要喝？」

「日本仔平常裝得那麼假掰，一喝醉整個人都變了，眞恐怖……」

一位媽媽桑在慌張地大喊：**「金月在哪？快叫金月來！」**

金月對若雲和阿蕉她們眨眨眼，裊裊娉娉地走上前。

「山田桑，您已經喝很多了～我會擔心您的身體呀！不然幫您叫一些下酒菜，我陪您一起吃如何？」

也許是聽到熟悉又流暢的語言，山田的態度瞬間軟了下來，只見他一手摟過金月的脖子、一手對著金月的屁股又摸又揉，眉開眼笑地說著好好好。

見到這一幕的若雲覺得心中有什麼被點燃了，但看著金月面不改色地笑著安撫客人，又不禁油然升起一股敬佩之情。

就在這時，她聽到一句奇怪的話飄進耳裡。

「嘖，番仔酒矸就是臭賤！」

若雲第一次聽到「番仔酒矸」這個詞，不知道是什麼意思，她只知道，她心中的情緒終於找到了發洩的出口。

她想都沒想，拿起一旁桌上的酒瓶，就朝這位客人頭上淋了下去。

「**啊啊啊幹你娘——誰啊？**」客人氣急敗壞地轉頭，對上若雲自然無比的微笑：「對不起，手滑了一下。」

沒想到會聽到日語的那客人頓時愣住，若雲趁著這個瞬間，抓著阿蕉立刻跑出店外。

若雲覺得今天真是受夠了！沒有父親又是獨生女的她，可以說是完全沒受過所謂的「父權迫害」。

沒有遇過重男輕女不給上學、沒有遇過被正大光明吃豆腐還笑得出來、更是第一次聽到女性如此露骨地被辱罵。

但在這個時代，這些卻彷彿常識般、理所當然地每天在上演。

阿蕉像是感知到若雲的低氣壓，垂著頭乖巧地任由若雲牽著走。看著這樣的阿蕉，若雲心中百般不捨，深深吸了一口氣，問道：「**阿蕉，妳想讀冊嗎？**」

手被抓得更緊了。

「不用怕，講出來，妳想讀冊吧？」

「……嗯。」

「好，我一定努力跟妳阿爸說，讓妳去讀冊。妳要記著，讀冊很重要，就算是查某也一定要讀冊。」

阿蕉抬起頭，那表情是若雲看過最燦爛的笑容。

若雲暗暗苦笑，她能爲阿蕉做的，充其量也只有這點程度而已了。

不知道是第幾次在心底懷疑自己穿越過來的意義、咒罵自己的渺小無力，若雲牽著阿蕉走在回家的路上，濃濃的無力感拖得她腳步沉重異常。

＊

從那天起，若雲幾乎每天去阿蕉家，纏著阿蕉父親跟他大力提倡女性讀書的好處……雖然每次都被趕出來。

若雲想，既然正論不行，那她要投其所好換一個講法，於是開始說女性讀書後，工作機會大增、所得的金錢比沒有讀書的還要多多少倍。

阿蕉父親比若雲想得更加勢利，很快的，從趕若雲出門後潑一桶水去晦氣，進步到偶爾會停下來聽她說話了。

雖然若雲也擔心，這樣會讓阿蕉父親把阿蕉更加當成賺錢工具，但至少先讓阿蕉受教育再說，受教育才有啟蒙、成長、繼而反抗的可能！

若雲突然想起了那天在菜店遇到的那位名叫金月的少女，在那種地方工作，想必也是沒有上學吧……若雲一邊想著，一腳踏出阿蕉家，正好與一位要進門的女孩對上眼——

「**啊！**」兩人異口同聲地驚呼。

「**那天眞歹勢，讓妳見到了那樣的場面。**」眼前的陳金月苦笑地向她致歉。

「**沒有啦，我也太衝動了，那個……**」若雲支支吾吾。

第一次去店裡就砸了人家的場——倒酒在人家客人頭上。她明明下定決心，不想再重蹈「稱仔事件」的覆轍了啊……

怎料金月卻噗哧地笑了出來。

「**哎唷那個吼，哈哈哈！沒關係啦！我還謝謝妳幫我出了一口氣呢！**」

若雲看著她那毫不在意的笑容，有感於在菜店時梳妝打扮的成熟，褪去妝容的她看上去更加稚嫩。

若雲對「酒家女」的印象，來自電視劇裡濃妝豔抹的二、三十歲大姐姐形象，完全無法想像眼前看起來跟她差不多年紀的少女，竟是在菜店工作的老手。

或許是察覺到若雲好奇的目光，金月微微一笑，緩緩道出了自己的故事。

陳金月家境清寒，還小的時候就被賣給別人家當童養媳，但婆婆虐待她非常嚴重，她忍不住逃回家，卻被父母斥責說已經把妳賣給別人了，商品怎麼還可以跑回來！

她無處可去，又怕被抓回去，於是心一橫，便逃家了。

一個小女孩，沒有家庭的保護，要在這殘酷的社會生存下去是很困難的，正當她貧困交加、心灰意冷，準備自我了斷的時候，遇到了一位溫柔的日本人救了她，於是她決定無論如何，至少也要爲那位日本人活下去。

「他眞的很溫柔很溫柔，我第一次遇到有人對我這麼好，他——」

金月才說到一半，就瞪大眼睛、驚訝地看著若雲擦拭眼角。

「啊，歹勢……那個……我覺得妳、太堅強了……」

金月那輕描淡寫、彷彿在述說別人事一般的口吻，讓若雲受到極大震撼。

堅強到令人心疼。

如果在現代，金月就是跟她一樣每天上學、享受著青春年華的花漾少女，但在這裡，她卻像奴隸般被當成商品賣給別人、被虐待、最後不得不投身酒家。

這時代的女性，爲何都把這些不平等視爲理所當然？這時代的父母，爲何可以完全不把自己的孩子當人看、只把他們當賺錢的工具？

這荒謬到彷彿是另一個世界的事，此刻活生生的當事人少女卻站在眼前，正不知所措地望著她。

這顫慄的事實令若雲忍不住眼眶一酸。

「**我……很佩服……像妳這樣堅強的女孩子。**」

但若雲更希望，像金月這樣的女孩子，可以活在不用這麼堅強也可以的世界裡。

金月好像是第一次碰到這種情況，她呆若木雞，完全不知道該做何反應。

若雲趕緊扯出一抹笑，轉移話題地問道：「**妳喜歡那位日本仔吧？**」

金月那歷盡滄桑的成熟臉龐，頓時像小女孩一樣羞澀發紅。

相較幾天前被客人摸屁股還泰若自然的大姐頭風範，終於顯現出符合她年紀的反應，這反差讓若雲覺得可愛極了。

「**所以妳的日本話才這麼好。**」若雲恍然大悟。

「**嗯，為了能夠跟他說話，而且會日本話也比較好找工作。**」

為了活下去，金月輾轉進入菜店討生活；為了學「國語」，她不像其他臺灣藝妓酌婦一樣對日本客人避之唯恐不及，她反而勤於接待日本客人。她也知道自己因此在背後被人罵得很難聽，不過她一點也不在乎。

「**雖然我孤身一人了，但我可以自己決定想要怎麼活下去……我覺得這樣也不錯。**」

悲慘的遭遇被她雲淡風輕地述說著。若雲突然覺得，這時代的女性縱然「可憐」，其心志卻比她想像的還要堅忍不拔，散發著獨有的人生光輝，令她肅然起敬、尊敬不已。

＊

荒川七郎顯得異常興奮。

原因無他，由臺陽美術協會每年舉辦的臺陽美術展，今年南下巡迴的日子即將來臨。與臺北蓬勃的藝文活動相比，高雄顯得冷清許多，所以高雄嗜藝文美術的文人雅士們，對於這大展一年一度的巡迴是期盼已久。

渡邊雪夫看著難得顯露如此高昂情緒的友人，好氣又好笑地說：「不過你喜歡的那位畫家沒有展吧？那個叫張……張什麼……」

「張啟華先生。」

「對啦！真搞不懂你怎麼會喜歡臺灣人的作品，我們日本人千年來的文化藝術應該更美才對啊。」

「藝術是不分內臺的，然後你再這樣的話，小心我告訴進。」荒川意有所指地冷聲回道。

渡邊察覺自己可能不小心踩到了好友對藝術的自尊，聳聳肩不再多言。

荒川知道渡邊這幾個月對於本島人的歧視越來越嚴重，原因無他，就是因爲那位突然冒出來的奇怪女孩。

一直以來極度崇拜進的渡邊，無法忍受在他心目中是完美日本男子模範的進，會跟一位本島人女孩那麼親近。

渡邊最近私下做的「好事」他可是知道的，荒川並不在乎他要霸凌誰，但如果敢汙辱他喜歡的畫家的話，他可不會善罷干休。

今日採買伙食的同學回來了，不見平時日本風的酸梅和黃蘿蔔漬物，反而是臺灣人常吃的豆乳和豆豉。

「誰是伙食擔當？怎麼買這種東西！」日本同學紛紛失望大喊，渡邊瞪向今日的伙食擔當——莊炳輝，而莊也不甘示弱地瞪了回去。

即使只能用這種方式偷偷抗議，我也絕不會認輸！莊的眼神彷彿這樣說著。

在小宮不在的教室裡，今日本島人與內地人間的鬥爭，依然悄悄上演著。

＊

金月是若雲在這裡交到的第一個年齡相仿的女生朋友，若雲非常開心。

雖然金月晚上得去菜店工作，無法跟他們一起上國語講習所，不過白天她們會約出來逛街、喝「珈琲」，彼此練習日語會話，並交換一些工作或戀愛的八卦話題。

雖然大部分都是若雲在聽金月說話而已，畢竟若雲對戀愛這塊完全沒有經驗，非常陌生。

這天，金月神秘兮兮地說要帶若雲去一個地方，她們來到了位於鹽埕町的高雄銀座——

也就是連臺灣人也耳熟能詳跟著喊「沙咖里巴」[10]的熱鬧大型商區。

與現代相似的商店街，進駐了五十幾間吳服、洋品、家具、書籍文具、時鐘、菓子、食堂、酒吧、珈琲廳等，各式各樣最新潮的店鋪。

金月熟門熟路地帶若雲到銀座裡一間叫「綠屋」的大型書店。

不知爲何，當她們進入書店後，金月顯得心神不寧、左顧右盼。

「小月，帶我來書店，是想要買什麼文具還是國語參考書嗎？」若雲不解地問。

「不是，其實是……」

書店門口忽地傳來幾道男聲，壓過了金月欲出口的話語。

「所以我說快點放完書包就去市公會堂看展啊！時間不多了啊！」

「啊～我可以先吃飯嗎？進桑也想先吃飯，對吧？」

「我還不餓。」

從門口走進來的三人，正好對上若雲金月兩人，雙方一起愣住。

若雲沒想到竟然會在這裡遇到小宮及他那兩位同學，而一旁金月的臉竟唰地一下變紅。

欸，慢著等等……難道金月喜歡的人是……

「妳怎麼又來了！」

結果出聲的是荒川七郎。

---

10 盛り場（さかりば），「鬧區」之意。

不只若雲意外，現場其他人也都一臉震驚，來回掃視著荒川和金月兩人。

「呃那個……」金月想說點什麼，卻被荒川粗魯地打斷。

「我說過很多次了吧，不要再來我家堵我！」

「不是的，我只是……」

「妳知不知道我被鄰居傳得很難聽啊！說什麼我跟妓女在交往。」荒川一臉困窘，不悅地說：「我就在這裡正式跟妳說明白：除非我死，否則我絕對不會喜歡妳的！」

結果荒川連書包也不放了，轉過身大步離開。渡邊看起來一臉驚喜，賊賊地快步跟上。而小宮則愣了一下，隨即紳士地代好友過來道歉。

「對不起，我第一次看到七郎講話這麼重……您沒事嗎？」

金月咬咬下唇，故作開朗地道：「沒事，一直都是這樣的。」

「一直都是這樣？」小宮跟若雲驚訝地異口同聲。

若雲能看出，金月現在臉上的笑容，跟她在菜店裡擺出的「營業用笑容」是一樣的，是她在勉強、武裝自己的證明。

離開尷尬的銀座後，金月就一直沉默不語，若雲也不敢貿然開口。

若雲不解，在金月的形容中，她喜歡的那位日本人是那麼溫柔又體貼，對比實際見到「本人」的情況，卻跟這兩個形容詞完全搭不上邊。

情人眼裡出西施是這樣的嗎？但這也差太遠了。

半晌，像是終於收拾好心情般，金月苦笑出聲：「**哈哈，嚇到妳了吧？我也很久沒看到他了，只是想帶妳去看一下他家……**」

金月雖然「國語」流利，但若雲知道，只有在她不武裝的時候會自然地用「母語」說話，這點大家都一樣。

「荒川桑**會那樣也沒法度，畢竟我眞的就在菜店工作。**」

「**但妳是爲了生活……**」若雲想要反駁，卻被金月堵了回去。

「**不會有人想知道那種事的，大家都是看你的工作身分就決定一切，誰會想瞭解你背後的苦衷呢？我們一邊服侍人客，一邊在背地裡被人罵臭賤查某、番仔酒矸，不會有人想知道，我們有多少人是一直被賣來賣去，被人虐待被打了被騙了多少次。我們只是想活下去而已，但這個世間就是這樣。**」

金月的一字一句如石頭般，沉甸甸地壓在若雲的心上，她完全找不到一句能夠安慰金月的話。

「**不過今天久違見到他，我也很高興了，都是因爲有妳陪我去。謝謝妳，**小雲。」

夜幕低垂，若雲隨著金月走到壽榮閣，看著她換上燦爛的營業用笑容道別，接著灑脫地轉身，走進那花花綠綠的燈火斑斕中。

巨大的無力感牢牢地攫住若雲，讓她雙腳彷彿生了根般，佇在原地好久好久。

＊

五月底，王定彥家發生了一件大事，就是全家改成日本姓——丸山。

若雲畢竟只是寄人籬下的食客，所以她並沒有改。

雖然她深知這是皇民化政策下必然的結果，不過對於這個近在身旁的改變，心中還是不免感到些許芥蒂。

於是，今晚國語講習所後，若雲與小宮，還有偶爾會加入的阿田阿蕉兄妹，在回家的路上便一起討論起「改姓名」這個話題。

「不是所有人都可以改的咧！還要是『國語家庭』的樣子。聽說改了，食物配給跟待遇什麼的都會比較好。更重要的是，這是被認可為日本人的證明，我也想改名啊！」阿田羨慕地說。

「……**你眞的想改嗎？**」若雲忌諱著一旁的小宮，故意用臺語小聲問。

「**幹嘛啦？我眞的超想改的！如果可以的話，我想取一個很帥的名字！我來想想……**」

看著阿田認眞地陷入沉思，若雲心中有股無以名狀的複雜情緒。

穿越過來後，她從他們言談中自然流露的話語，知道了這個時代的年輕人受了日本教育，對日本有多麼深信不疑的嚮往。

但身爲已有強烈「臺灣人」自覺的現代人的她，卻怎樣也融入不了，這也是理所當然的。

只是在自己每天生活的王家，明明是臺灣人、明明可以用臺語對話，卻是日本姓氏……不只有錯亂感，還交雜著無法言喻的複雜心情，若雲說不上來，就覺得心情悶悶的。

「小宮老師**的名字很好聽，嘿嘿**。」阿蕉只擷取到了隻字片語，文不對題地說。

「啊，我也覺得小宮桑的名字很好聽！不只姓氏，連名字也是——進。」若雲忍不住附和。

沒想到，原本走得好好的小宮卻突然絆了一下，阿田趕緊扶住他。

「那個，後面的名字……」小宮滿臉通紅地解釋，「是不可以隨便叫的。」

「咦？為什麼？」若雲早就覺得只叫姓的日本人有夠奇怪，在現代的臺灣，不熟的是只叫名不叫姓，熟的可是毫不客氣地連名帶姓一起叫呢。

「後面的名字，通常是彼此的關係已經進展到一定程度……一般都是叫姓以示禮貌及距離。」

「所以我不能叫你進嗎？」聽到距離兩個字，若雲的心好像被揪緊了。

小宮不自然地抖了一下。

「你也可以叫我雲或小雲啊，阿蕉他們都是這麼叫我的。」若雲哀怨地說，爲什麼荒川他們可以叫他進，我卻不能？

小宮不知所措，他單手摀住臉，卻遮不住延燒至耳朵的緋紅。

良久，他才慢慢吐出一句：「進……桑，可以嗎？」

若雲大喜過望，雖然還有個桑，但至少他允許他們之間的「距離」了！

「沒問題！那你也不要叫我尹桑了，叫我小雲吧！這樣才公平！」若雲趁勢提出交換條件。

「尹……」

若雲不滿地嗯？了一聲。

「小……小……」

在場的人都在等待著進。

「……雲、桑。」

結果等了好久，他還是只叫得出雲桑。

看著彷彿使盡全身力氣在叫她名字的進，若雲覺得可愛極了，再欺負下去就太可憐了，就饒過他吧。

「老師**你的臉好紅，怎麼了？**」阿蕉扯了扯進的褲管問道。

「**沒事**……」進邊說邊把帽子拉低。

若雲心花怒放，彷彿漫步在雲端般心情飄飄然，沒有多想便順著話題對進說：

「從以前就很想說了，你是我第一個看到會臺灣話的日本人，真的很厲害耶！」若雲由衷讚嘆。

「妳也是日本人不是嗎？」

進理所當然的一句話，讓若雲瞬間跌落谷底。

她震驚無語地瞪大眼睛，幾乎都要忘了，在這個時代，就算有本島人與內地人之分，臺灣人的確是「日本人」。

她來自未來，可以理解也可以忍耐自己在這裡一邊被歧視、一邊被當成日本人的可笑雙標，畢竟這只是一時的。

但她身旁的臺灣人們，並不知道未來日本會戰敗啊！

他們出生時就已經是「日本人」，並且生活在「日本國土」的臺灣上。

——他們眞的認爲自己是日本人嗎？他們眞的希望自己變成日本人嗎？變成另一個國籍、另一種人，又是什麼感覺？

若雲完全無法想像，她只能茫然地望著王家門外高掛著的「丸山商店」招牌，進門後，聽見王夫婦兩人自然地用日語互相對話，就連對孩子們也是講日語。

若雲心一沉，著實體認到日治時代臺灣人的身分認同問題，已不是她這個現代人能理解，而是如馬里亞納海溝般深沉複雜了。

＊

濕答答的梅雨季來臨。

原本預計六月二十二日開幕的「新高雄車站」，刻意提早了兩天，在難得出太陽的六月二十日舉行盛大的啟用典禮。

新車站的啟用開通，代表附近的三塊厝國語講習所終於從交通黑暗期解脫，市營局營公車的新路線，也隨著新車站一起正式上路。

若雲沒記錯的話，那個「新高雄車站」，跟高雄市役所一樣，建築物到現代都還保留著。爲了一解「鄉愁」，若雲一聽說啟用了，便迫不及待地拉著阿蕉和金月前去朝聖。

她們在外面觀望，聽到一旁路人興奮地說裡面月臺間的走道是用「地下道」連接，是高雄市第一個地下道。

以她現代人的眼光來看，新高雄車站不過是個普通「古典」的小車站，（阿蕉和金月：**超厲害的超大的超多人的！**）不過它以跟高雄市役所相同的獨特設計、富麗堂皇的姿態，鶴立雞群地坐落在荒野上，還是顯得氣勢非凡。

與阿蕉金月分開後，梅雨又開始滴滴答答下起。

日治時代柏油路不普及，高雄市官署所在的主要幹道，如堀江町、榮町、入船町的道路，是由壽山腳下的淺野水泥工廠提供的混凝土路面，道路兩旁還有高級的鈴蘭路燈，走路行車時較不起飛塵。

但其餘的道路，大多還是鬆軟的泥沙及碎石，只要下雨，鞋子一踩就會陷下去，還需要定期出動「灑水車」灑水，以安穩路面的泥沙及散熱。去年還曾爲了節省石油，一時廢止了灑水車，結果惹得市區黃沙飛舞，民怨大起。

若雲並不想在泥沙地面中、踩著髒兮兮的鞋子回家，而且還是從三塊厝走回哈瑪星，於是她決定來體驗一下這時代的公車……雖然她早就知道跟現代比，這時代的公車絕對稱不上舒適。

「上車請買票！請排隊不要推擠！請往裡面走！請不要擋在出入口！還有人要上車！再說一次，請往裡面走！」

站在車門口的臺灣人車掌小姐，一邊賣票驗票、一邊辛苦地扯著嗓子不斷宣導。人性果然經過多少時代都不會變。

若雲煩躁地擠過跟現代一樣喜歡塞在門口、不願往車內移動半步的門神們，往車廂裡走去。

車廂空間很小，座位是左右各一排的長條式座位，此刻兩排都坐滿了人，加上雨天的濕氣充斥在沒有冷氣的公車裡，簡直如地獄般悶熱。

若雲緊抓著皮革吊環，身體隨著車身駛過不平整的土石路面而上下起伏，她眼神空洞地望著公車內「禁止說臺灣話」的標語，發誓下次再怎麼遠也不要搭公車了。

若雲隱忍著微暈車的不適感，想讓自己的視線專注在車窗外飛逝的風景，但一旁有個奇怪的大叔，奇怪的舉止，一直撩撥著她的注意力。

他不像其他沒品乘客一樣，一人就佔了許多空間，反而是蜷縮在一隅，好像在磨蹭著什麼。

當若雲聽到一股微弱的嗚咽聲傳出，立刻明白發生了什麼事。

「你在幹什麼！」

若雲上前一看，果不其然，在他身體前面有一位嬌小的少女，此刻正嚶嚶發抖著。

人性果然經過多少時代都不會變！

暈車的不適已經讓她夠煩躁，現在又看到如此噁心的一幕，若雲怒不可遏地大喊：「你這變態！到底在幹嘛啊！」

大概從沒被揭發過，或是從沒被女孩子如此大聲地怒吼過，變態大叔先是整個人被若雲的氣勢震懾住，接著惱羞成怒地反駁：「我……我什麼也沒做啊！聽不懂妳在說什麼！」

若雲把女孩護在懷中，感到周圍乘客紛紛射來驚恐的目光，而車掌小姐顯然沒遇過這種情況，驚嚇得楞在原地。

考慮到時代風情，若雲只得嘆口氣，帶著女孩離開爲上。

「不好意思，我要下車！」

在這裡，沒有什麼下車鈴可以按，得自己喊要下車。若雲刻意大聲地喊，爲了壓過車內開始醞釀的窸窣耳語。

下了車，終於從尷尬的死寂中解放，若雲深吸一口氣，濃濃的雨味混著泥土味竄進鼻腔，舒緩了暈車的不適感。

雨依然滴答滴答地下著，把街景模糊成一片煙雨朦朧。

若雲撐起傘，輕聲問女孩：「有帶傘嗎？」

女孩虛弱地搖搖頭。

「那我送妳回家吧。」

與女孩共撐一把傘的極近距離下，女孩的顫抖微微傳染了過來，那纖長的睫毛上，此刻沾滿了淚珠。

若雲心疼地說：「下次要搭公車的話，找個人陪妳一起吧……最好是男孩子。」

在這個講求女性得如大和撫子般順從婉約的年代，若雲對只想得到這個建議的自己感到哀傷。

走著走著，若雲發現女孩指認的回家的路，跟她回家的路線很相似，她們進入了哈瑪星的日本人住宅區，然後在一棟日式獨棟木屋前停了下來。

而門上的名牌寫著：小宮。

呃，這個姓氏有這麼常見？……若雲話在心裡還沒說完，房子的木頭拉門倏然滑開，從裡面走出一位她再熟悉不過的人。

「進桑？」

「雲、雲桑？妳怎麼……愛？」進驚訝地喊了他妹妹——小宮愛的名字。

忍耐了滿腹的委屈與恐懼，通常在見到親人的臉後，會瞬間潰堤。

「哥哥！」

小宮愛撲向進的懷中，低聲哭泣。進抱著他的妹妹，抬起頭望向若雲，滿臉問號。

若雲覺得此刻不適合揭受害者的傷疤，先等她平復好情緒再說，於是只在雨中搖了搖頭，沒有多說便轉身離去。

幾天後，要說不意外、卻也意外的，來了進的邀約。

＊

吉井百貨，是高雄第一間百貨公司，位處熱鬧的鹽埕町市區。

相較於臺北的菊元百貨、臺南的林百貨，雖然創建時間較晚，卻是當時全臺灣賣場面積最大的百貨公司。

若雲偶爾在工作之餘，路過這棟一枝獨秀的建築物，總會聽到路人說要去「五層樓仔」搭「流籠」，不過在現代看慣了高樓大廈的她並不以爲然，也就從來沒有想要進去過。

當她抵達貼滿「祝賀　志願兵制度實施」等標語的吉井百貨大門口時，進已經跟他的妹妹在騎樓下等候。

「愛無論如何都想跟妳當面道謝。」進說。

「不……那沒什麼。」若雲不好意思地搔搔頭，她轉向小宮愛，柔聲問道：「還好嗎？」

「嗯，真的多虧尹桑……如果當時沒有尹桑的話，我……」

小宮愛好像想到當時的光景，又快要哭出來，進摸摸她的頭，她平復了點心情後，溫順地向若雲鞠了個九十度的大躬，若雲受寵若驚。

「不用這樣！還有不要叫我尹桑，叫我小雲就可以啦！」

若雲已經知道「稱呼」是對日本人最快拉近距離、表示友好的方法之一。

「那也請叫我小愛！」小愛熱情地捧起若雲的雙手。

若雲從眼前女孩炙熱的眼神中，感覺到了異常的崇拜之情。

眞不知道那天後，他們兄妹倆到底互相交流了什麼（感覺有被誇大許多）。

今天的小愛，有別於在若雲心中哭泣的印象，原本就精緻端正的臉龐，配上亮麗華美的和服，害羞笑著的樣子，彷彿一尊日本娃娃，眞的是太可愛了！

他們一起踏進吉井百貨，偌大的商場有著一櫃一櫃的店鋪，賣著糖果餅乾及化妝品，跟現代的百貨公司並無二致，只有地板和裝潢給她一種復古懷舊的感覺而已。

若雲突然想到，現代大家通常會去百貨公司吹冷氣，這裡又沒有冷氣，到底都來這裡幹嘛呢？

「雲、雲桑有來過嗎？這棟是高雄最高的建築物喔。」進一邊窺視著她的反應，一邊問道。

「沒有，第一次。」若雲心不在焉地回答，總不能說現代高雄最高的建築物可是有八十五層，比這棟還高十七倍哩。

「有一個很厲害的東西，我帶妳去看。」小愛拉著若雲就往裡面走去。

若雲看到一群戴著斗笠的臺灣人，興奮地擠在一個三片式的層次門板前，門板上方牆壁鑲著一塊寫有一到五的樓層標示。

門板從一側緩緩地打開，裡面站滿了人……

這就是流籠？原來是電梯啊！（雖然比較像貨梯）

他們跟著擠了進去，若雲也看到了現代已十分少見的電梯小姐。隨著電梯冉冉上升，沒想過能在這時代搭到電梯，又被周圍的人們渲染了興奮情緒，若雲忍不住揚起微笑。

一旁的進看到若雲的笑容，好像鬆了一口氣。

爲了答謝若雲，小宮兄妹先在五樓的食堂請若雲吃了一頓飯（本來是想買東西贈送，但若雲覺得太不好意思，吃飯最實際），一邊對著第一次來吉井百貨的若雲介紹起來。

他們說吉井百貨的頂樓有一個供奉著金比羅的小神社，一般人是不能上去的，但最近才有條新聞是有人偷溜了進去、從頂樓上跳下來死了。

聽到這，若雲只覺得一建到高樓層後，便生出可以「跳樓自殺」這種概念的人類，未免太悲哀了。

小愛說想看和服，於是他們來到三樓。正當他們在挑選配件時，隔壁櫃一位年約

十六、七歲的少年吸引了若雲的注意。

少年操著有口音的日語，向女店員問道：「我想要買鏡子……」他指了指透明櫥櫃裡的一枚做工精細的鏡子，「請問這個，多少錢？」

只見那位女店員毫不客氣地，用眼神把那位少年從頭到腳掃量了一遍，接著發出一聲不屑的冷哼。

少年整個人愣住，明顯受到極大的打擊，他受辱般地握緊拳頭，立刻轉身快步離去。

「啊啦，他不買了嗎？」同櫃的另一位店員過來問道。

「本島人都很喜歡殺價，但這裡可是不二價，我是怕他買不起。」像是閃掉了一樁麻煩事一樣，女店員沾沾自喜地說著。

目睹這幕的若雲，不禁把自己跟那位少年的身影重疊了。

如果自己沒有跟進他們在一起，是不是也會遭到日本店員的冷眼看待？她不禁悲傷地想。

幫王家開始跑腿工作後，遇到的日本客戶態度都還不錯，但時間久了，漸漸也感受得出他們親切的態度裡，對於「本島人」與「內地人」的界線劃分得十分清楚。

即使日語講得多麼流利、即使法理上同是「日本人」、即使政府大力推行一視同仁的「同化政策」，卻因爲「民族」的不同，「臺灣人」遭受各種歧視、被各種體制排除在外。

嘴巴上說「一視同仁」，實際做又是「差別待遇」，這難道不是國家級的詐欺嗎？

在現代屬於「既得利益者」的若雲，一直以來都過著毫無阻礙、沒有任何不自由的生活，但在日治時代，她會僅僅因爲口音、語言、服裝、舉止、甚至無法改變的出身，就被打成「二等國民」，被投以各種言語歧視及差別待遇。

若雲光是想到剛剛那位臺灣少年，可能已經遭受了十幾年像那樣的歧視，不禁打了個寒顫。

若雲深深感嘆自己眞的十分幸運，至少現在她身邊的兩位日本人好友，就是不會歧視她、而是眞誠與她平等往來的人。她發誓一定要好好保護這段珍貴的情誼。

小愛對於和服講究到了一個瘋狂的境界，若雲與進被晾在一旁，兩人便很有默契地各自閒逛了起來。

「我們這樣放她一個人沒問題嗎？」若雲問。

「沒問題，她進入那樣的狀態後，至少要兩小時後才會回神。」進說。

也許是看到剛剛那位少年的遭遇，若雲有些陰影，不敢獨自一人靠櫃，只敢走馬看花地逛著。的確，百貨公司的消費者還是日本人居多。

其間，若雲看到進駐足於百貨內一隅的日本旅行協會的高雄案內所。自從新車站開通後，臺灣鐵道部與旅行協會跟著新推出了許多旅遊景點行程。

看著進低頭專心地研究一本案內手冊，若雲突然興起惡作劇的念頭。

她一邊偷笑，一邊悄然無聲地接近。

「哇！」

「！」

進嚇了一跳，手上的案內手冊啪地掉在地上。

「呃……抱歉，只是想嚇你一下……」

若雲一邊在心中反省自己怎如此幼稚，一邊羞愧地幫忙撿起地上的手冊，上頭「京都」兩字大大地映入眼簾。

還來不及細問，小愛的聲音就從不遠處傳來。

之後，小宮兄妹提出一起吃晚餐的邀約，若雲疑惑地問難道不用回家陪爸爸吃飯嗎？結果兩人都露出了古怪的表情搖搖頭。

若雲在日治時代第一次搭流籠、逛百貨公司的初體驗，就在小宮兄妹的陪伴下落幕了。

＊

從八月一號開始爲期一週，規定高雄市全市民早上六點須在各國民小學做收音機體操，由地方保正、甲長及皇民奉公班協助執行，聽說是爲了強身體魄及保持戰時危機感。

若雲總是跟王家的孩子們一起到國民小學的操場，一邊打呵欠、一邊跟著收音機的音樂晃頭晃腦地做體操，同時睡眼惺忪地想著，自己國小的時候也有跳健康操呢。

持續了幾天後，身體漸漸習慣了這個作息。這天她做完體操回家後，全身精神抖擻，索性再度出門打發時間。

若雲經過一樓客廳時，看到幾位披著肩頭巾的人從大門口魚貫而入。

「**阿吉，早安！**」若雲對上其中一位少年的眼，開朗地向他打招呼。

「**早、早！**」那位少年——李順吉驚慌應答，隨即快步離去。

李順吉是受雇於王家的船員之一，偶爾會跟船長船員們一起寄宿在這裡。因爲年紀相仿，若雲總是會較無隔閡地向他打招呼，不過他的反應總是叫若雲無所適從。

到底是他生性本來就害羞？還是我裝熟嚇到他了？若雲一邊暗自反省，一邊路過站在街頭指揮交通的少年團。

在這時代「自動車」（汽車）不如現代普及，普遍沒有紅綠燈、也沒有斑馬線，人、車、牛混雜，還常常會有小朋友突然衝到路上，所以比較大條的交通要道需要警察或少年團指揮交通。

除此之外，日治時代的交通還有一點讓若雲不習慣的是……

「喂！那邊的！快閃開！」

——那就是車子都是右駕，必須靠左通行這點。

當一位少年團的人揮舞著棒子朝若雲大喊的同時，若雲才驚覺自己已經逆向，前方一輛黑頭車挾帶沙塵飛騰而來——

霎那，若雲被一隻手猛然拉往一旁，力道之大讓她重心不穩、整個人跌進了那人懷中。

若雲抬起頭，發現救她的人竟是小宮進。

「進桑……你怎麼……」

「雲桑？」進一臉驚訝。

若雲正想問進怎麼會在這裡時，這才瞥見一旁小愛、荒川和渡邊也在，小愛鬆了一大口氣、荒川眼鏡底下則睜圓了眼、渡邊則是斜睥睨著，每個人表情都不一樣，構成了一幅有趣的畫面。

「你們是一起出來玩嗎？」若雲站直了身體，面對這稀奇的組合問道。

不過仔細想了想，他們三人本來就是同班好友，再加上進的妹妹一起，好像也不是什麼稀奇的事。

進愣愣地看著自己的手，還虛握了握拳，神情有點恍惚。

荒川見狀便代爲答道：「不是，我們在找狗。」

「找狗？」

荒川推了推進，進才猛然回神：「嗯，我們在找雲桑的狗——」

「渡邊他父親的下屬田浦警部補的愛犬走失了，我們在幫忙找。」

荒川翻了個大白眼把話說完，進一臉想咬舌自盡的困窘貌。

若雲困惑地把視線投向渡邊，但渡邊臉轉向一邊、看也不看她。

這令她來了氣，故意笑瞇瞇地朗聲道：「喔～我也幫忙一起找吧！」不顧渡邊瞪大眼睛，她想了想又補上一句，「人多好辦事，我再去多叫一些幫手來！」

待若雲走遠後，荒川痞痞地搭上進的肩膀。

「先去把腦袋冷靜一下，才不會不小心說錯話。」

「……」

「不要再回想抱住她的觸感了，你這個悶騷鬼。」

進踢了荒川一腳。

＊

田浦警部補的愛犬是一隻十一個月大的德國牧羊犬，前幾天從前金警察官舍失蹤後，搜遍了市區都遍尋不著，田浦警部補甚至登報懸賞，只求能尋回愛犬。聽聞這件事的進他們決定幫忙，往山上找找看。

他們跟若雲約在壽山上的「兒玉大將壽像」前集合。

通往那座兒玉壽像的大階梯綿延無盡，好像比高雄神社那座還要長，在若雲有些氣喘地爬上最後一階階梯時，映入眼簾的是一個白色的圓形基座，正中央立著一塊柱子，柱子上正放著兒玉源太郎的全身雕像——

說是雕像，倒不如說是白色石膏像，跟想像中有所落差令若雲有點失望。畢竟說到人物雕像，若雲想到就像現代有些地方依然擺放著蔣中正銅像，是種具有強烈目的性的威權象徵。

若雲帶了阿蕉、阿田和金月來，在場的人簡單地互相介紹了一下，期間若雲故意無視渡邊和荒川略為不滿的表情。

「原本大將的帽子上還有一根長長的裝飾，但後來斷掉了，是從義大利進口的也不好修繕，不然會更威風凜凜的，真可惜……」渡邊含情脈脈地望著壽像，惋惜地說。

「那不重要，重要的是聽說這傢伙晚上會在山中亂晃啊！」荒川故作神祕地嘻笑。

「喔？跟二宮桑[11]一樣嗎？」進問。

「兩個都不會動好嗎！」渡邊有些惱怒地吐嘈。

若雲看著進與同儕間的互動，覺得十分新鮮，低聲問身旁的小愛：「妳跟荒川桑還有渡邊桑他們很熟嗎？」

「還好，不過他們都對我很好，畢竟我是哥哥的妹妹嘛！」

「那……妳覺得渡邊桑怎麼樣呢？」

---

11 二宮金次郎（一七八七—一八五六）以勤勉好學著稱，日本學校內經常放有它的銅像以勉勵學生，卻也衍生出二宮像會走動的校園怪談。

「渡邊桑很常送甜食給哥哥吃，也會稱讚愛的和服很漂亮，是個好人。」

若雲心情複雜地鬆口氣，至少渡邊只對她有強烈的敵意。若雲對渡邊的印象是個歧視本島人的自大狂妄討厭鬼，但看來在日本人眼中，他只是個熱心協助警察事務、對朋友也很友善的普通少年吧。

「它……它真的會動嗎？」阿田直直地盯著壽像，結巴地問。

「怎麼可能。」若雲秒答。

「不是……那個……就是、**我阿爸說不要接近這裡比較好……山上有魔神仔啊！**」阿田帶著哭腔喊出最後一句話，見他已經害怕到無法自由轉換語言，若雲只好幫忙用日語解釋。

「鬼啊幽靈什麼的沒有那種東西吧。」若雲腦中突然浮現了九華那嘻嘻笑的臉，無奈再追加了一句，「就算有，也不會這麼容易遇到的啦！」

「不，還記得去年十月下旬的時候，不是有人說看到高雄海邊有河童在游泳嗎？」荒川板起臉、故作嚴肅地說。

「我聽說河童只是溺死的小孩屍體。」若雲冷靜地回道。

「……」

「愛曾在家裡看過目目連妖怪喔，就是障子上出現很多眼睛……」

「只是眼睛看格子錯視造成的。」

「……」

「晚上睡覺被子沒有蓋住腳的話，會被冰冷的手給抓住……」

「那只是因為末梢血液循環不好。」

「……」

「走在山上容易被餓鬼附身，一定要留下糧食給他吃……」

「血糖低或高山症一定要吃點東西、多休息。」

「……」

「我的老家有個神社流傳，喝了境內池塘裡的水，就會懷上神的孩子……」

「難道不是因為水太髒了細菌感染，引起肚子膨脹嗎？」

「……」

看著若雲冷靜地一一駁斥，在場的人個個瞪大雙眼，眼中除了困惑，貌似還有欽佩的光芒，令若雲感到一絲身爲現代人的驕傲得意。科學萬歲！

「我還聽說，高雄神社附近有一個池塘，只要能找到那個池塘、並且游到另一頭，就能免除兵役……」

又有人發問，若雲正想反駁，不料卻有個人搶在她之前開口了。

「那是因為感染上池水裡的寄生蟲病，導致體檢不合格罷了。」

荒川七郎靜靜地說。

沉默驟降，現場沒有一個人敢問爲何他會知道這件事，荒川也沒有要再開口的意思。

若雲唯一看向金月，只見她一臉悲傷地凝視著荒川。

「啊，雲。」不知是否爲了打破尷尬，荒川突然伸手拉了若雲一把。

「？」

「妳肩膀有一隻蜘蛛……」

隨後他猛然放開若雲的手臂，舉著雙手在胸前以示清白，「我是在說蜘蛛，不是在叫她的名字[12]，所以進你可以不要用那種表情看我好嗎！」

若雲立刻看向進，剛好看到進把臉轉向另一邊、用著好似什麼都沒發生過的語氣說：「不要浪費時間了，趕快來找吧，分頭找效率比較高。」

決定兩兩一組分頭搜山。延續著怪談的悚然餘韻，阿田尖叫著想跟這裡劍道最厲害、最強（？）的小宮老師一組；渡邊眉頭緊皺地看著阿田死死抱著進，雙手抱胸地嘖了一聲；阿蕉和小愛則分別拉著若雲的左右手晃呀晃的。

最後是荒川受不了金月炙熱的視線，大吼全部都用抽籤的，不得異議！

12　日語「雲」的發音（くも）與「蜘蛛」（くも）同音。

＊

壽山有幾條鋪滿碎石的主要道路，供行車與神社參拜之用，但若雲他們的目標是非主要道路的區域。自古以來人們就會上山撿柴，因此壽山原稱柴山，自然多的是前人們走踏出來、沒有記載在地圖上的古道小徑。

炎夏的午後，鬱鬱蒼蒼的樹林，迴盪著唧唧蟬聲不絕於耳。

金月對著小徑後方，好氣又好笑地喊道：

「不用離這麼遠也沒關係吧，我們在山裡沒人看到呀……小雲也不在，你可以放心的。」

後方的人影好像被戳到痛處，放棄般地默默走上前——見小宮進這樣，金月忍不住笑了。面對這樣的人，最有效的方法是——

「你喜歡小雲吧？」

金月直接一記直球，砸得眼前的少年全身一僵。

風花雪月的菜店充滿著戀愛情事，打滾多年的她早已磨練出敏銳的直覺，以及一身待人接物的熟練技術。金月頗有餘裕、小心翼翼地引導著話題。

「我也喜歡小雲喔。」

「！」

「哎呀，當然跟你的喜歡是不一樣的，別擔心。」金月心想，小宮桑的印象跟她想像的差好多啊，表情真多。

「小雲她……很特別吧？」

這不是引導，這是金月的真心話。在菜店閱人無數，什麼樣的客人沒見過，唯有若雲散發出來的氣場非比尋常，她說不上來，但也毫無頭緒。

沒有立即回答，而是過了一點時間後，金月才從這位寡言的少年口中聽到答案。

「……是的，非常特別。」

聽出他的聲音裡含有些許笑意，金月忍不住又虧他，「呵呵，臉紅紅的呢，你想到了什麼呢？」

「不……」

金月用著彷彿嫁女般的慈母眼神，欣慰地看著眼前這位用手臂掩著臉、滿臉通紅的少年，心想小宮桑很善良且意外坦率，跟若雲很相配。

金月衷心希望她的好朋友可以有一個好的歸宿，而不要變成像她這樣子，跟那個人漸行漸遠。

那個人——荒川七郎突然開口。

「……尹桑對進有什麼想法嗎？」

老鷹在天空盤旋，遠處依稀傳來山羌叫聲，若雲跟荒川兩人並肩走在一條綠意盎然的森林小徑上。

若雲對他突然拋出的問句感到有些困惑，不過想想，毫無交集的他們兩人，唯一的共通話題就只有小宮進了吧。

「進桑嗎？是個很棒的人啊。」若雲如實說出心中的想法。

這回答貌似不得荒川的意，他表情有些彆扭，好似在天人交戰是否要繼續這個話題，最後還是妥協般地繼續道：

「進……在遇到妳之後，變得比較常笑。」

「咦？他蠻常笑的啊？」

若雲大感意外，她想到每次國語講習所後兩人一起回家，進的表情一直都很溫和，尤其每當若雲念錯了單字，像是把「我要去買雞蛋」不小心講成「我要去買香菸」時[13]，常常會把他逗得笑出聲來。

「真的嗎？我第一次看到他笑，是我們家煮多了白玉紅豆湯送去給他，看到他稍微彎一下嘴角而已耶。」

荒川用貌似欽佩的目光打量了下若雲，繼續道：「之前進很少笑的，總是板著一張臉，自從他母親去世之後，好像世界上再也沒有什麼事值得他笑……因為壓力很大吧，一直以

13　雞蛋日語發音爲Tamago（たまご），香菸的日語發音爲Tabako（たばこ）。

來打理著忙碌父親的一切，還要身兼母職照顧妹妹。不過最近進的表情越來越多了……噗！妳沒看到剛剛他誤以為我在叫妳下面的名字時、他的表情……哈哈哈！」

若雲無言地看著突然自顧自開始爆笑的荒川，心想這人真的是進的好友嗎？

「聽你的語氣，感覺你們好像認識很久了？」若雲問。

「我跟他在小學就認識了，也算青梅竹馬？」荒川的口氣帶有一絲驕傲，「會跟他變熟也是因為我向他……不、沒事！」

看著他差點要脫口而出什麼不可告人的祕密般、趕忙閉嘴的模樣，若雲在心裡默默吐嘈你也不遑多讓、表情很多啊。

「總之，進運動好、成績好、又講得一口好聽的標準腔國語，在學校也很引人注目，雖然他自己好像完全沒注意到……但妳看連渡邊那傢伙都這麼崇拜他就知道。身為進的青梅竹馬，我知道進一直過得很辛苦，我希望他能得到幸福。」

「所以，我會支持的，加油吧！」

好像終於盡到某種義務似的，荒川心滿意足地長吁一口氣。

「……」

即便荒川從頭到尾沒有講明，若雲也清楚知道這段對話裡隱藏的含意。

若雲眼眸轉深，試圖壓下內心開始騷動的情感，腦海中浮現起那個滿天星辰的夜空、蟲唧蛙鳴的小路、還有那位離她遠遠的少年……再看看一旁與她並肩卻依然泰然自若的荒川，忍不住開口問道：

「荒川桑，你有姐姐或妹妹嗎？」

「沒有，我曾有個哥哥。」

對於若雲八竿子打不著的問題，荒川疑惑地皺眉，但還是乖乖回答了。

「有過女朋友嗎？」

「……沒有。」

那看來可能性只剩一個了。

「你跟小月是怎麼認識的？」

「可惡……早知道就不要亂提這個話題。」

終於意識到若雲提問的意圖，荒川煩躁地抓了抓頭。

「感覺你很熟悉跟女孩子講話耶！」

「那又怎樣。」

「你不像渡邊一樣反對本島人和內地人在一起，是因為小月嗎？」

「無可奉告。」

「我也想像你一樣關心好朋友的戀心，不行嗎？」

「妳……！」

面對若雲來勢洶洶的攻勢，荒川有些招架不住，加快腳步刻意往前走，想與她拉開距離。

但若雲的聲音卻沒有再度傳來。

荒川回頭一看，赫然發現四周只剩下他一人。

剛剛還吵到要蓋過人聲的蟬鳴已消失殆盡，他喊了幾聲，回應他的只有陣陣陰風吹過樹葉間、發出的巨大沙沙聲響。

事情發生在轉瞬之間，太過突然到讓荒川只能張大嘴巴、愣愣地看著若雲本該在的位置空無一人，油然升起了埋藏在心底遺忘已久的恐懼。

＊

尹若雲在床上睜開眼睛，醒了。

她迷濛地坐了起來，有點分不清楚自己現在到底在哪裡。

窗外正中午的艷陽透過窗簾射進房內，臉頰全身都濕透了，只聽到樓下傳來陣陣呼喚。

「**若雲啊～下來吃飯喔～**」

若雲連蹦帶跳地衝下樓，看到阿嬤拿著鍋鏟，快速地穿梭在廚房與客廳之間，餐桌上已擺滿各式菜餚，飄散出熱騰香氣。

「耶！今天又有菠菜和南瓜！」若雲開心地說。

阿嬤的好手藝，把她原本最討厭的青菜和南瓜煮得美味至極，從此她就愛上了這兩道菜。

「阿嬤，我想要吃那個，甜甜的那個！」

「什麼甜甜的？」

「吼，妳明明知道！**就是那個甜甜的啊！」**

「我知道啦！等一下就去做，等妳吃完。」

阿嬤寵溺地哄孫，完成午餐任務後，阿嬤就回到了自己的房間。

若雲吃飽後，立刻跑進阿嬤房間叫她做那個「甜甜的」——是用低筋麵粉、蛋與砂糖簡單做成的片狀薄糕，是阿嬤專爲小孫女發明的點心，也是若雲的最愛。

只見阿嬤戴著老花眼鏡坐在桌前、藉著一盞微弱的檯燈光正講著電話，嘴上和手上都沒停過。

「阿嬤～我吃飽了～」若雲喊。

阿嬤抬起眼，揮揮手，示意她正在忙。

「阿嬤～～我要吃那個甜甜的～」若雲繼續撒嬌。

「阿嬤正在忙，等一下。」

若雲知道，當阿嬤開始工作後，一時半刻不會有空再理她，她只好偷偷移動到阿嬤房間角落的衣櫃前，這口一百五十公分高的淺棕木衣櫃聽說是阿嬤的嫁妝。

若雲打開最上層最左邊的抽屜，一股濃濃的樟腦味撲鼻而來，只有這個抽屜有鎖孔，聽說抽屜深處藏有阿嬤珍貴的珠寶首飾，但她沒什麼興趣，迅速抓了雙襪子就溜走。

她撥了通電話，決定要把住在隔壁的青梅竹馬叫出來玩耍。

若雲路過客廳，看到阿公躺在床架上睡午覺，她輕手輕腳地慢慢繞過去，怎料阿公眼睛突然一張，凶神惡煞地吼一聲，嚇得若雲又縮了回去。

若雲的母親陳美玉要上班，平常照看小孩的工作便落在阿公阿嬤身上，但若雲只要一跑出門，便會像脫韁的野馬般音訊全無，使得她早早就被美玉下了禁足令。

要把正值精力充沛時期的小孩關在家是不可能的，若雲幾次想要逃家，像是爬過頂樓到鄰居青梅竹馬的家、甚至從二樓陽臺一躍而下之類的，雖然最後總以失敗收場，但已足以讓美玉他們傷透腦筋。

與家人間的攻防戰每天都在上演，這次若雲決定選個自認最有道義的方法。

若雲在阿嬤的六合彩計算紙上寫下：對不起阿嬤，我知道我不乖，害你們擔心，但我真的很想去國小玩，我晚飯前會回來。

把字條摺好留在桌上後，若雲自認已盡到告知自己位置的義務，他們應該就不會擔心了，於是趁著阿公熟睡後，便快樂地跑出去逍遙了。

豈料，晚上回到家後，等待著她的是美玉的一陣破口大罵。

若雲心中萬般委屈，她明明留了紙條啊，難道是阿嬤沒有告訴媽咪嗎？

「阿嬤！我不是有跟妳說我去國小玩嗎！」

「？」

看到阿嬤不明所以的表情，若雲一股怒氣上升，以爲阿嬤是故意隱瞞紙條的事，想要害她被處罰。

「有啊！我放在這裡啊！」

紙條上開頭第一句就是先放低姿態的道歉，可說是倔強的若雲放下自尊的最大讓步。若雲跑到桌旁，顧不得羞恥地拿起已被攤平的紙條給美玉看。

美玉看了，只冷笑道：「妳白癡啊，阿嬤看不懂國字。」

若雲頓時腦袋五雷轟頂，「爲什麼？」

這連國小的她都會了，比她大這麼多的阿嬤怎麼可能不會？這完全超出了若雲的小腦袋所能理解的範圍。

「阿嬤日據時代小學只讀了一年就光復了，後來她就被我阿公逼著直接去工作，她只認得自己名字的國字而已。」

聽完美玉的話，若雲似懂非懂地看向一旁的阿嬤，阿嬤用「臺灣國語」大聲地對她說：「阿嬤、看不懂啦！」

小若雲沒有注意到阿嬤語氣裡隱含的落寞，只滿腦子想著下次不能再寫字、要用口頭報備了。

她開心地跳上阿嬤斜斜立著的腳踏車後座，準備去菜市場買菜；餐桌上豐富菜餚的陣陣香氣，還有甜甜美味的飯後甜點；阿嬤房內傳來各種數字的喃喃聲；阿公一邊聽著那臺雜訊很重的老舊收音機、一邊對她的脫逃睜一隻眼閉一隻眼的假寐；阿嬤隨著老歌臺裡流洩出的日語歌謠大聲地跟唱；跟青梅竹馬在外面瘋玩到昏天黑地……那些彷彿上了懷舊濾鏡般暈黃的畫面，如跑馬燈一幕幕播放。

國小的童年時期，是若雲最無憂無慮的時光。

隨著時間前進，人漸漸長大，開始發生很多無法自由掌控以及預料的事。隨心所欲變成奢侈，更多的是無可奈何的妥協及將就。隨著家人的年邁老去，被強扣在肩上的「孝順」責任壓得呼吸困難。會發現自由的時間越來越少，開始記不得上一次笑是什麼時候。

她害怕那些伴隨長大而來的不自由，她不要長大！她想要永遠生活在這段快樂自由的時光裡，永遠！

小若雲快樂地溜著滑板車，在家門外的巷子裡徐徐蛇行，忽然從身後傳來激烈的狗吠聲，嚇得若雲渾身一抖。

小巷弄內竄出野狗不是什麼稀奇事，可以說她在班上名列前茅的跑步速度，就是在被狗追的日常下訓練起來的。

若雲下意識想逃離，雙腳死命地踏著滑板車，速度越來越快、狗吠聲越來越近……在失速的滑板車上，她腳一個踉蹌，整個人往前栽去，眼前一黑。

＊

若雲一睜開眼，看到的是進心急如焚的臉。

「**啊啊啊妳終於醒了！我們快被妳嚇死啦！**」一旁阿田的驚聲尖叫，刺激著若雲的腦袋嗡嗡作響。

一雙大掌溫柔地撫過她的背，幫她撐起上半身。

「沒事嗎？有哪裡會痛嗎？妳……哭了？」

進震驚的語氣，令若雲這才意識到自己眼眶盈滿淚水，一眨眼便沿著臉頰流了下來。

她茫然地用手抹了抹眼睛，慢慢組織語言問道：「這裡是哪裡？」

緩緩地環伺四周，若雲發現自己身處一座池塘邊，周圍盡是高聳幽綠的樹木，使得照在他們身上的陽光所剩無幾，陰暗死寂得彷彿連山裡應有的蟲鳴鳥叫都死去，只能聽到自己劇烈的心跳聲。

除了渡邊之外，其他人都圍在她身旁。然後，她發現了自己腰部以下是濕的。

「我們還在壽山裡，七郎說妳不見了，渡邊君去報案，我們分頭找妳。最後是阿蕉發現妳站在這座池塘裡，還一直往水深處走去，我們趕緊把妳拉上來……但……」

進欲言又止，若雲立刻知道了是爲什麼。

如果她能往池塘裡走，表示她是有意識的，但她卻是剛剛才醒來，而且對自己往池塘裡走的這件事毫無印象，她甚至不知道自己是怎麼到這裡來的。

最後的記憶好似斷在溫暖的午後陽光中有誰在叫她吃飯……不對……是跟荒川桑的對話。

寂靜無聲的山中，只有風帶起樹葉沙沙作響，但墨綠深靜的池水面卻沒有一絲漣漪。不知道是否爲風吹過下半身帶起的寒意，若雲全身顫抖了起來。

既然找到了若雲，那麼趕快離開這詭異的地方才是上策。大家各懷所思、有默契地保持沉默，好像多說一句話，又會發生什麼怪事一樣。

若雲在進的攙扶下起身，發現鞋子也已不知去向。

這時代赤腳走在路上的小孩比比皆是，本想效仿，但若雲才走沒幾步路，就踩到尖銳的小石子，痛得她齜牙。

果然有沒有訓練過有差啊，沒有走過野路的細皮嫩肉，怎麼能跟長年赤腳結出厚繭的腳底板相比呢。

「我背妳吧。」進斷然說道，在若雲的面前迅速彎下身。

「啊，不用啦，我可以自己走，而且會弄濕的。」雖然她下半身的衣物濕重，拖得她的確難行，但她也不想弄髒進的背。

「好了，快點上來。」

察覺到進的口氣裡難得有著不容置喙的強硬，若雲知道進是認真的，既然堅持到這種地步，她也只好妥協地爬上他的背，這才注意到進的褲子和鞋子也是濕的。

「對不起。」半晌，若雲只囁嚅得出這句話。

「不是雲桑的錯，沒事就好。」

進像是在極力隱忍著什麼的語氣，令若雲這才意識到，自己剛剛真的是經歷了九死一生的境地。

她不自覺收緊抱住進脖子的雙臂，瞄到進的耳朵紅透了。

跟剛剛截然不同的沉默開始飄散，若雲聽到走在後面的小愛和金月發出銀鈴似的竊笑，還有荒川刻意的咳嗽聲。

若雲臉頰發燙，趕緊轉移話題，「對、對了，**阿蕉！妳是怎麼發現我的啊？**」

「**喔！**」緊跟在旁的阿蕉突然一百八十度轉身，若無其事地用手指著後方幽暗的樹林說，「**是『那個人』告訴我的啊**。」

若雲、進、金月和阿田不約而同地回頭，再度轉過來時，臉上已無血色。

「莎喲那拉！」阿蕉元氣地朝後方揮揮手，荒川和小愛這才回頭看了一下，同時間阿田恐懼的尖叫聲劃破天空，一行人跌跌撞撞、朝通往高雄神社的大路狂奔而去。

之後，在渡邊的通報下，警方找到了那座位在高雄神社附近的隱密池塘，並且大動作地把它填了起來。聽說理由有二，一個是「有損國策的不實迷信」，另一個就是，他們在池塘那找到了溺斃多日的田浦警部補的愛犬。

傷心欲絕的田浦警官在自家院子立了個愛犬的小墓碑，若雲跟著進他們一起去拜了一次。不知怎的，她對這隻狗非常在意。

進看到若雲泛紅的眼眶，詫異地問：「雲桑這麼喜歡狗嗎？」

若雲苦笑回道：「嘛，我的確是犬派的沒錯。」

季節，即將迎來殘暑——

第四章

有別於現代，城市往往被冷氣排放的熱氣，悶燒成一個大型烤爐。在這個時代，稀疏的人口與環境，還不會覺得太過悶熱。雖然沒有冷氣，但至少還有電風扇（王家幫若雲房內也裝了一臺小型的桌上式）。要說最惱人的，還是驅之不盡的蚊蟲，每晚一定要掛上蚊帳才能安然入睡。

不過，可以讓從內地來的日本人患上「南洋呆」的南國夏天，可不容小覷。尤其位處南國之南的高雄，在暑氣蒸騰下，不分臺灣人日本人，大家看上去都無精打采、懶洋洋的。

小宮進也不例外。

若雲覺得最近進沉思不講話的時間變多了，雖然他本來就寡言，但連帶著國語講習所的課都上得有些心不在焉，這實在不像責任感強的他會做出的事。

——你不覺得進桑有點怪嗎

在人心浮躁的課堂上，若雲忍不住傳紙條給阿田。好久沒傳紙條了。

——有嗎？完全不覺得

阿田瞥了眼講臺上的進，困惑地皺起眉頭。

——有啦，剛剛何明原不就是嗎

何明原是一名十九歲的少年，在三塊厝國語講習所上課已兩年有餘，很認眞、程度也不錯，其作文還曾獲選刊登在國語講習所的聯合成果發表上。
他剛剛舉手問進，明治節的明治天皇是怎樣的神，結果進竟然回答他明治天皇的忌日[14]，而進本人到現在還沒發現任何不對，何明原只好摸摸鼻子、悻悻然地坐下。
——小宮老師不是一直都是那樣嗎
阿田跟若雲兩人忍俊不住，在坐位上憋笑得肩膀不斷抽動。
進性格嚴謹認眞，但偶爾會有些天然呆的反差萌，消弭了大家對日本人兇悍嚴厲的印象，因此進在學生（尤其是女性）間很有人氣。
——是啦，但是他剛剛在一分鐘內就看了五次手錶，真的很怪
阿田對若雲露出「我覺得妳比較怪」的鄙視表情，不再理她，專心上他的課了。
若雲心想，難道眞的是我想太多了？
下課後，剛好小愛來找進一起回家，若雲終於忍不住偷偷問。
「小愛，妳哥哥最近是不是有點奇怪？」
小愛低頭不語，若雲在心裡賓果一聲！果然不是我的錯覺。
不過面對小愛的沉默，若雲感到更奇怪。難道不只進，連愛也有心事嗎？
半晌，小愛才開口：「那個……我想大概是因為父親最近都很晚才回家的關係……」
若雲想起之前一起去逛吉井百貨時，兄妹倆講到父親時的古怪神情。

14　忌日日文「命日」（Meinichi）發音與明治（Meiji）相似。

「是因為爸爸工作太晚回家，覺得寂寞嗎？」

「不……是因為父親回家時，身上會有白粉香水味……」

若雲感覺一旁的進在豎耳傾聽著。

就在此時，一個出乎意料的人物突然現身！

「有白粉香水味的話，那就一定只會去那個地方啦！」

好久不見的九華大駕光臨。

顯眼的外表與發言，突然出現在晚上的國語講習所裡，就好像跑錯片場的演員一樣格格不入。

在場的人無不驚訝地看著這位突然冒出來的不速之客。

若雲瞪大眼睛，激動地用唇語問「你怎麼會跑來？」但九華卻理都不理，逕自自我介紹起來。

「我家的小雲承蒙照顧了，我是她的男朋——」

「監護人！」

「我是神，請多指教。」

天啊！這個捉摸不定的神到底想幹嘛！若雲在心中慘叫。

在場的人好像陷入了無聲的疑惑漩渦，一位金髮的外國人突然出現在這裡，還講得一口漂亮的標準腔國語？

不過進好像毫不在意，反而一臉嚴肅地問九華說：「神先生，您剛說的那個地方是……？」

在如此氣氛下，若雲決定就不吐嘈進，竟然直接把「神」當作一個姓叫人家了。九華狡黠地對進笑了笑，「啊啦，你心中應該也很清楚吧？就是榮町那個啊！」

「不可能！」

一向溫順有禮的進如此激動的反駁，叫若雲吃了一驚。

榮町怎麼了嗎？她只知道榮町有高雄市役所，其他還有什麼嗎？

她小聲地問一旁的阿田，只見阿田表情微妙地用臺語解釋道：「**我、我也沒去過喔！只是那邊，我聽說是有很多番仔雞的查某間……**」

番仔雞？查某間？是很多女人在賣雞的市場嗎？

「榮町遊廓，是很多女人在那裡用肉體賺錢的地方。」

結果九華直接投了一記兇猛直球，砸得若雲愣怔當場。

「父親不會去那裡的……他不會忘記母親……他不會的……」進像是在說服自己般喃喃道。

場面氣氛變得十分糟糕，不外乎一個金髮陌生人突然闖進來，還如此出言不遜。

看著進難受的樣子，若雲的心揪痛了起來，忍不住說：「不、不然我們去榮町……確認看看小宮先生有沒有去吧？我們只要去現場看一看，小宮先生有沒有在那裡，沒有就沒有，我們就再找其他線索，好嗎？可能只是去百貨公司買化妝品沾上的味道……」說著若雲自己也覺得這個理由薄弱至極，「呃，總、總之，至少我們先把榮町這個可能性剔除，小愛你們也會比較安心吧？九……神先生，你有什麼辦法嗎？」

「嗯……畢竟那裡是個特殊的地方吶，你們這些人要去也太引人注目了。」九華若有所思地掃了下在場的人員，接著勾起一個邪惡的笑容。

「不過我有個計劃，相信我的話就跟我來吧！」

＊

夕陽西下，橘紅色的餘暉，照映在高雄市役所深綠色的帝冠式屋頂上。從市役所裡魚貫走出三三兩兩下班的職員。一對兄妹倚在大橋邊，見狀，立即從橋上跑下來，跟在兩位剛從市役所走出來的職員後頭。

男孩牽著妹妹，一邊注意著妹妹不要發出引人注目的聲音，一邊緊盯著眼前的兩位市役所職員。

直到走入熱鬧的市區，男孩眼見他們左轉入金鵄館旁的小路，立刻拿出一塊小板子似的東西貼在耳朵旁，不可置信地吸口氣說：「小宮老師的父親他……真的走進通往遊廓的小路了！」

畫面倒回幾天前——

「這裡人少、路又大條，跟蹤人很容易被發現，為避免起疑且提高成功率，必須兩個人一組，且跟蹤路線要拆成三個部分。第一部分由謝家兄妹擔任，你們負責從市役所到市區這段路，不管小宮先生是要回家還是去哪，一定會沿著市役所前的三線大道走到金鵄館前通[15]，這時你就要聯絡在金鵄館待命的下一組，請他們接著跟蹤。」

九華對著在場的眾人——若雲、小宮兄妹、謝家兄妹、陳金月與荒川七郎——解釋著計畫。阿田阿蕉對於自己也能參與這項任務，感到十分興奮。

「為方便各組聯絡，我給你們一個好用的工具。」九華說著，便掏出三個疑似智慧型手機的東西，「相信你們有些人家裡都有裝電話機了，不過我這個更厲害，不用手搖也不用撥號，只要按這個按鈕，立刻就可以通話了。」

他示範了一次，現場眾人嘖嘖稱奇。

荒川：「您是奇術師嗎？」

若雲：「……」

從金鵄館騎樓下，走出一對穿著和服的年輕夫婦，跟著兩位市役所職員左轉進小路。

15　今鹽埕區大勇路。

年輕夫婦保持著一前一後的距離，完全沒有夫妻感，但這在日本男女間好像又正常得挺自然。

「第二組由金月與荒川擔任，請你們假扮成夫妻在金鵄館待命……不要這樣，荒川你不是答應了嗎？兩個女人走在遊廓附近會被誤認為遊女，容易受到盤查，一男一女假扮成兜售雜貨的小販夫妻是最自然安全的。」

九華安撫著一臉不情願的荒川，金月低頭苦笑。

「若順利的話，到荒月組任務就可以結束了，即小宮先生沒有去遊廓，那麼他就會直接回家，由小愛待在家裡迎接他。但我們必須做最壞的打算，也就是假如他真的去了遊廓——」

爲了保持遊廓的隱密與阻隔性，高雄榮町遊廓外圍著一大片濃密的樹叢。

第三組——尹若雲跟小宮進，隱身在濃密的樹叢裡，監視著遊廓門口。

從剛剛來的路上，若雲看到一間寫著「專治花柳病」的友松醫院，立刻就理解了他們眞的踏入了一個不得了的地方，不禁緊張地吞口水。

「假如他真的去了遊廓……那進君，你就守在遊廓門口，用自己的雙眼親自確認吧。」

即使夏日的天色暗得很慢，此時黑暗也以飛快的速度開始吞噬四周。
從剛剛聽到阿田的回報後便一臉陰鬱的進，死死地盯著遊廓入口，在昏暗的視野中不放過任何一絲風吹草動。
突然，若雲聽到進倒抽了一口氣，順著他的視線望過去，果然看到進給大家看的照片裡的主角——小宮先生，與他的另一位同僚一起走了過來，就在進雲兩人的注視下，直直走進了遊廓裡。
同時間，進手中的手機震動了起來。
「進，小宮先生他……」手機裡傳來荒川不知所措的聲音，後頭的荒月夫婦也出現在遊廓門口了。
「幫我跟進去，跟緊一點，拜託了！」
進掛掉手機，對上若雲擔心的視線，努力擠出一個微笑：「有可能只是進去執行公務，像是修修水道什麼的……」
若雲知道，若不是進自己跟上去會被自己父親認出，不然他一定恨不得立刻衝上前去。
另一方面，荒川掛掉手機後，張大眼睛瞪著手機說：「喂喂不會吧……要是我們被抓到進去遊廓，真的會被學校殺掉的！」
不過很少求助於人的進難得拜託他事情，想為好友兩肋插刀的心情也不是假的，他嘆口氣，嘖了一聲，把後頭的金月一把拉了過來，湊近她耳邊低聲命令道：「現在我們要潛進去遊廓了，假裝夫妻，自然一點，不要離開我！」

金月驚慌地點點頭，他們緊跟在小宮先生的後面，順利進入遊廓區。

要不是現在在執行「跟蹤」這種令人緊張的事，金月一定會開心地跳起舞來吧，畢竟她能夠跟心上人這麼貼近、甚至是假裝夫妻，這夢幻的時刻，一生一定只有這一次。

金月想把握機會，跟荒川多講點話。

他們在遊廓內與許多軍人與船員三三兩兩地擦身而過，她囁嚅開口：「有、有很多船員和軍人呢！聽說最近在徵志願兵，不知道荒川桑會不會怕上戰場？畢、畢竟有可能會死掉……」

話才一出口，金月就後悔得想咬舌自盡，竟然還汙辱人家會怕死，她到底在說什麼啊！沒想到荒川既沒有生氣，也沒有責備，只是淡然地回道：「我不怕上戰場，也不怕死，我只怕有一天不能再畫畫。對我來說，那才是真正的死亡。」

眞像他會說的話，金月不自覺彎起小小的微笑，果然還是好喜歡他啊。

下一秒，金月一頭撞上突然停下來的荒川，他瞪著前方的一間屋子，按下手機通話鍵。

「進……小宮先生他……走進一間名叫花乃家的貸座敷[16]裡了！」

手機裡才剛響完荒川的聲音，進便飛也似地衝出樹叢，若雲急急忙忙地緊跟在後。

16　日文中的妓院之意。

他們藉著入夜黑暗的掩護，在街燈亮起的前一刻，踏進了遊廓。
同時晚上七點，遊廓內提醒登樓的搖鈴聲，清脆地響徹夜空。
紙醉金迷、燈紅酒綠的花街之夜，現在正式來臨。

＊

原本高雄的遊廓設立於旗後，一九一零年代鹽埕塡海造陸完成後，官方便把一定程度能促進地方繁榮的遊廓，遷移至海陸新生地的鹽埕榮町，藉此帶動新市街的發展。

「花乃家」，便是旗後時代就存在、歷史悠久的大型老舖。

由兵庫出身的女樓主大柴花所創立，據說她爲了管教娼妓，曾二度不惜把娼妓從客人手中帶回，加以嚴刑毆打。大柴花去世後，女兒大柴雪接管家業，繼承了母親嗆辣不手軟的作風，在遊廓內很是出名。

如此威名遠播的花乃家，就位於遊廓入口不遠，進很快就找到了，不顧一切地衝了進去，若雲緊張地尾隨在後。

一進到花乃家內，一位遣手[17]立刻警覺地盯著突然出現的兩位不速之客。

「請問兩位是……？」有別於陳群的男客，一男一女的組合，在這種登樓時刻十分少

17　管理娼妓、接待客人的人，通常爲退役的大齡遊女。

見。

若雲正想解釋，進卻搶先開口：「我、我們來賣、賣……東西。」

進生硬的語調，若雲立刻就知道慘了，這傢伙一定不擅長說謊啊啊啊。

眼看遣手臉上的表情越來越難看，感覺下一秒就要被趕出去的時候——

「他們兩位是我叫來的。」富含威嚴的聲音倏然響起，穿著和服的大柴雪樓主，優雅地走了過來。

「啊，原來是樓主您叫來的嗎？對不起我不知道，失禮了！」彷彿有一隻無形的手，壓著遣手抬不起頭，大柴樓主的威嚴可見一斑。

「沒關係，妳去忙吧，這裡由我處理。」

遣手慌忙退下後，大柴樓主示意進與若雲兩人跟著她走。

還未從這異常情況中回神的進雲兩人愣在原地，若雲看到樓主眨了眨左眼，金色的光芒若隱若現，她這才放心地吐了一口氣，繃緊的肩膀終於放鬆。她拉著進的衣袖，跟在「樓主」的身後，踏上通往二樓的木頭階梯。

一道走廊開展在眼前，另一側是一間間紙門緊閉的包廂。

若雲和進盡可能保持舉止從容自然，偶爾與貸座敷內的人員擦肩而過，不免一陣心驚膽跳。

不過跟在大柴樓主後頭，他們只有被行禮的份，幾乎沒有人停下腳步懷疑過他們。

沒想到他們眞的潛進遊廓了！

這事實令若雲感到不可思議，腳像踩在棉花上，緊張到飄飄然。

從一扇扇緊閉的紙門內，不時傳來三味線、搖鼓及男女嬉笑作樂的聲音，空氣中除了蚊香與焚香外，還飄散著一股很香的味道，不知道是否就是所謂的白粉香水味？

樓主帶他們到一間十張榻榻米大的無人和室，輕輕關上紙門。

進像是忍了好久般，終於開口問道：「請問您到底是……？」

樓主得意洋洋地說：「我是神，這是我的變裝，很完美吧？」

進這才恍然大悟，驚嘆：「神先生！居然連聲音都……太厲害了！」

若雲覺得能對這樣的變裝深信不疑的進，才眞的厲害。

「其實我才不想變成這個苛刻的老太婆呢，要變當然要變大胸美麗的性感姐姐啊！」

若雲想起歷史博物館那個志工姐姐的變裝，用鄙視的眼神瞅了九華一眼。

「總之，你們先在這裡等著，等小宮先生的同事離開了之後，我再帶你們去找他。」

九華說完便離開了，留下進與若雲兩人疑惑地面面相覷。

什麼叫「等小宮先生的同事離開」？完全不懂遊廓規矩的兩人，現下也只能老實地等九華回來了。

若雲看著身穿浴衣的進、姿勢端正地跪坐在榻榻米上，和著隔壁和室間傳來箏琴雅樂與男女談笑聲，這幅光景太不眞實，虛幻到令若雲覺得自己好像身在夢中。

「雲桑？」

「啊？」

若雲這才發現自己已經盯著進看了不知道多久，羞愧地連忙低下頭。

「對、對不起！」

「該說對不起的是我，抱歉把妳捲進來。」

「本、本來一開始就是我提議要來遊廓的啊！不是你的錯。不過這樣拚命的進桑我還是第一次看見，覺得進桑真的是很為家庭著想的人耶……哈、哈哈……」若雲胡亂笑著。

進垂下眼，輕聲道：「因為，是家人啊。」

家人……嗎？

這單字浮現在若雲腦海中時，並沒有帶來多具體的想像。因爲一直以來，她跟家人間的羈絆是淡泊如水，她跟青梅竹馬在一起的時間，可能都比跟家人在一起的時間還要多。

很快察覺到若雲陡然下沉的情緒，進有些不知所措。

「雲、雲桑是獨生女，對嗎？家人有……」

「有媽媽跟外婆。」

「咦？那神先生——」

「那傢伙不算。」

「但他說是監護——」

「那、傢、伙、不、算。」

結果害得進的表情更加茫然無措了。

在若雲想開口說點什麼的時候，紙門外霍然響起紛亂的腳步聲。

「感謝大人們今天的光臨，不好意思我這就去叫藝妓們過來，真的很抱歉……」

「不會不會，是我們不好、提早到了，你們慢慢忙，我們先喝酒。」

「感謝仲井先生寬宏大量，酒已為各位大人備好，這邊請。」

語音剛落，紙門就被猛然拉開──四位高雄州警察進入了這個和室。

＊

撲通撲通──若雲現在心跳得非常快。

不光是突然被警察闖入的恐懼……這是她第一次跟男孩子靠得這麼近。

整個事情發生得太突然，她和進還來不及思考，幾乎是反射性地跳到和室牆邊一隅的屏風後面，下一秒紙門就被拉開，完全跑不掉。

他們隱身的屏風只是用來間隔用的小屏風，現在兩人幾乎貼合在彼此身上，才不至於露出手腳。

若雲可以清楚感覺到，她的背緊貼著進一上一下起伏著的胸膛，從耳後傳來進紊亂的呼吸。

爲了這次任務，若雲跟金月在小愛的協助下，第一次穿上浴衣和木屐，打扮成日本女人的樣子，而進和荒川也脫下萬年制服，換上夏日私服。

有別於洋服的絕對襯身，日本男人的和服僅用一條腰帶做固定，隨便一動便會裸露出若隱若現的胸膛。

若雲只要一想到，自己現在正靠在進半開和服襟的胸膛上，一顆心便不受控地狂亂跳動，臉龐像發燒似的滾燙。

怦怦、怦怦……她好怕自己劇烈的心跳聲，會讓他們被發現。

好險警察們完全沒發現和室裡藏了兩個人，自顧自地交談了起來。

「寺奧，旗山那邊情況如何？」

「是，仲井長官，多虧鄭長孝刑警，已幫我們探查到柯水發等人疑似有意圖謀反的臺獨思想。」

問話的那位仲井長官貌似是在場最大官階，他嘖嘖兩聲嘆了口氣，接著問另一位：「塚本呢？東港的漁民最難管控了，沿海地區最有可能與島外敵軍接觸，必須嚴加警戒。」

「是，我們已鎖定了一些涉有重大嫌疑的人物，只待長官一聲令下。」塚本凌聲應答。

「渡邊，那你鳳山那邊呢？」

「是，我們循線追查，也已匡列了莊榮原與黃某等嫌疑人等，只待長官一聲令下，我們隨時可以進行逮捕。」

一聽到渡邊的聲音，若雲跟進同時輕輕地吸了口氣，那是她絕對不會忘記的那討人厭的人——渡邊雪松，渡邊雪夫的父親的聲音。

「很好！我們高雄身負帝國最南端之軍事重鎮，若有一處蜂起，勢必波及臺灣全島甚至內地，必招致嚴重後果。最近國際情勢越來越險峻，近期戰爭可能要進入一個新階段了，在這不穩的局勢下，我們一定要守住才行，到時若順利，升官自不待言，豐厚的破案獎金入袋，我們也不用只得拿微薄的機密費來這喝酒了。」仲井哈哈大笑。

紙門滑開的聲響，幾位藝娼妓進來打了招呼。

接下來的時間，他們便開心地跟遊女們酒酣耳熱了起來。

若雲完全不知道他們在說什麼？但從聽到一些臺灣人的名字，以及涵蓋旗山、鳳山、東港等範圍之大，讓若雲心裡起了不好的預感。

她從來不知道日治時代的高雄，有這麼大的一齣事件？

身後傳來進的一聲細微悶哼，若雲內心頓時升起愧疚，因爲她幾乎是把整個體重都壓在進的身上，但躲藏的時候太匆忙，根本沒有時間調整姿勢。

若雲輕輕地扭過頭，用著氣音問進：「沒事嗎？對不起。」

雖然無法看到正後方的進的表情，但她從眼角餘光中可以看到進搖了搖頭。

自己也因爲穿不慣木屐，腳底板一直隱隱作痛，若雲希望能讓進舒服一點，畢竟他們都不知道警察們到底何時才會離去。

若雲趁著警察們在藉酒高歌的時候，緩緩扭動著身子，想要轉過身跟進調整位置，但進卻因爲她突然的大動作一驚，手不小心打到屏風，啪的一聲。

嬉鬧的音量頓時降了下來。

「……是老鼠嗎？」聽到有警察這麼問著。

「怎、怎麼會呢！不可能是老鼠，絕對不是！本店都有好好在做清潔，絕對不會有老鼠跑進座敷這種事！」

「大人您的酒杯空了，我幫您倒酒！」

「來玩遊戲吧！金比羅船群跟投扇興，大人想玩哪個呢？」

爲了維護自家信譽的花乃家人員們的辯解，恰巧救了進雲兩人。

只是若雲在驚慌失措中，猛然一下把手撐在進背後的牆上，竟變成了與進面對面的姿勢！

我、我竟然「壁咚」了男人啊啊啊——！

眼前的進滿臉通紅、睜大眼睛望著她，從緊貼的肌膚傳來彼此滾燙的體溫，若雲害羞得幾乎要窒息，感覺自己的腦袋好像快要爆炸的時候——

「我們家的丸具茶，令各位還滿意嗎？」

終於聽到天降神音，大柴樓主的聲音隨著紙門滑開聲一同響起。

一個飽含酒意的聲音說：「雖然年紀大了點，不過服侍得很得體啊哈哈！」

「感謝各位大人的青睞，投扇興應該也玩膩了吧？要不要玩另一個有趣的小遊戲？」

「喔，說來聽聽？」

「遊戲名叫『殺手遊戲』[18]，我相信很適合為了捉拿間諜、保家衛國的各位英勇警官們。」

聽到這裡，若雲才終於確信了這位大柴樓主是九華，在她鬆了一口氣的同時，彷彿可以看到九華嘴邊浮起諷刺的微笑。

「殺手遊戲？哈哈哈，真有趣的名字！那就來玩吧！」

若雲堅信，要不是在場的警察們幾已醉得放棄思考，對這露骨的調侃想必是不會這麼輕易地放過。

「感謝大人，那麼請各位先把眼睛閉上……沒錯，妳們也要，這段時間是殺手犯案的時刻，任何人都不可以看見。從現在起，還請不論聽到什麼聲音，都絕對不能張開眼睛。」

和室內霎時進入眞空宇宙般，陷入無聲寂靜。

若雲知道在場的人現在大概都閉上了眼睛，於是她鼓起勇氣微微探出頭，果然看到大柴樓主眨著金色的左眼，示意他們出來。

18　一九八六年被發明的遊戲，至今已經遍及世界各地。最基本玩法爲玩家扮演殺手和平民，並藉由閉眼來進行黑夜與白天的交替。

若雲對進點了點頭，兩人安靜地起身，躡手躡腳地繞過閉著眼睛的警察與藝娼妓們。整間和室，好像只聽得到自己的心跳聲……在這緊張的時刻，若有一人張開眼睛，他們就必死無疑。

警察們也絕對想像不到，竟有兩位未成年的少年少女偷溜進遊廓，就在自己眼皮底下走過。

短短幾公尺的距離，在緊張的催化下，若雲感覺障子紙門好像遠得永遠都走不到似的。就在進雲兩人終於來到紙門前的時候，一直隱隱作痛的腳的麻痺，終於化作一股激烈的抽筋向若雲襲來，痛得她忍不住低吟。

聽到奇怪聲響，渡邊反射性地睜開眼睛，剛好看到大柴樓主啪一聲！大力關上紙門，接著轉過身來，笑瞇瞇地對他們說：「感謝大人們的配合，我再去拿一些酒過來，還請務必嚐嚐本店剛從內地進的白鹿銘酒，遊戲待我稍後回來繼續。」

說完便恭敬地磕頭，跪著退出和室。

＊

在回報小宮先生進了花乃家後，不管荒川按多少次按鈕、試著對手機講話，但手機那頭卻沒有再傳來任何聲音，毫無反應。

這物件是壞了嗎？嘖，奇術師的道具也不過如此。

聯絡不上進的荒川與金月兩人，頓失目標地杵在遊廓街頭。最好的方法就是現在立刻出去，不過……正當荒川低頭沉思的時候，一旁的金月看著前方，突然驚呼：「啊，是山田桑！」

荒川循著她的視線看過去，只見一位看起來喝得醉醺醺的酒鬼，一搖一擺地朝這裡走過來。

金月十分慌張，不由分說便拉著荒川躲進一旁的暗巷。

「山田？誰啊？」

看著她微微皺起眉頭，荒川心想一定是討厭的人吧，也或許是——

「妳的客人？」

金月低下頭不語，荒川知道他猜中了，一股怒氣莫名襲上心頭，尖酸地說：「哈，果然是妓女！妳跟他上床了是嗎？看妳的表情他不是一位好客人啊！」

「我沒有——」

金月正想反駁，下一秒卻嚇得閉上嘴巴，因為他們這時才發現，這個路燈照不進的暗巷裡，可不只有他們兩個人。

一隻手彷彿蛇一般，忽然妖嬌地竄上荒川的手臂，伴隨著無衛生的異臭——是做暗屋[19]的非法娼妓。

---

19 意指不屬任何一家貸座敷。

雞皮疙瘩瞬間爬滿全身，荒川彷彿被蛇盯上的青蛙般釘在原地，嚇得完全無法動彈。

「不要碰！」

這時金月一聲淒然叫喊，毫不畏懼地把娼妓的手拍開，抓住荒川的手就跑出暗巷，一直跑到遊廓門口才停下。

「哈、哈……果然……不愧是同類嗎？」

荒川邊喘氣，還不忘繼續挖苦她，大日本男人的自尊更不允許自己竟然被女人所救。

「沒有，我只是——」

「算了！我才不想聽妳說什麼，反正跟我沒關係！」

荒川惱羞成怒地落下一句，隨即跨越遊廓大門，頭也不回地離去。

留下一臉泫然欲泣的金月。

果然，還是不要做菜店了吧，找份正常的工作，也許這樣他就會……金月惆悵地想著。

她垂頭喪氣地走過遊廓入口一間名叫「荻野塗物店」的店鋪，看到店門口上貼著一張「女給募集」的傳單。

一張平凡無奇的紙，此刻在金月眼中，閃亮得宛如黑暗隧道前方的希望光芒。

＊

進雲兩人跟在大柴樓主的身後，下到了一樓。

若雲的雙腳因抽痛與愧疚不斷顫抖，一路上進一直低聲安慰著她：「已經沒事了。」

他們來到一樓庭院旁的小和室外，大柴樓主低聲說：「好了，進君，目前你的父親就在裡面，你就自己進去跟他確認吧。」

說完，不給任何心理準備的時間，猛然拉開紙門。

和室裡的兩個人一起驚訝地看了過來。

一位是手上拿著一把三味線，衣裝上品艷麗，面貌也十分美麗的藝妓，而另一位就是進的父親。

「進！你怎麼……？」小宮先生驚訝地張大嘴巴。

不過進的視線卻是被藝妓給牢牢吸住，瞪大眼睛地吐出一句：「母親……？」

藝妓聽聞後，不但不生氣，反而優雅地拉起一抹微笑。

「承蒙關照，我叫花里。您就是小宮先生的兒子進君吧？我從小宮先生那聽了許多您的事。」

進愣愣地點了點頭，知道自己認錯人了覺得十分困窘。

「對不起認錯人了，因為您——」

「跟您過世的母親長得很像，沒錯嗎？」花里不在意進驚訝的表情，笑著繼續說：「小宮先生第一次見到我的反應也跟您一模一樣。」

進看向自己的父親，小宮先生則不好意思地搔搔頭，正要開口解釋——若雲就已經被大柴樓主帶出了房門外。局外人不要插手別人的家務事才是禮貌。

若雲還未從意想不到的情況中回神，只愣然地看向九華——看到的是一個陌生的老嫗面孔後，又不自在地低下了頭。

半晌，緩緩理清事態的若雲才悄聲問道：「所以……小宮先生來遊廓，是爲了見長得跟妻子很像的藝妓嗎？」

「沒錯。」

「他們、他們有沒有……」

「花里小姐是藝妓，只賣藝不賣身的。」

「太好了！」

同爲單親家庭的若雲，完全能夠體會進對於自己父親作爲的厭惡感。或許於法於情上沒有任何問題，但身爲正處青春期的兒女，對這種事情總是特別敏感，甚至可以說是一觸到就會爆發的地雷。

若雲默默走下沿廊，駐足灑滿一片銀色月光的精緻日式庭院，聽著竹流水一叩一叩的規律聲響，彷彿不像在燈紅酒綠的遊廓內，此刻若雲的內心平靜得不可思議。

她首先想到的是自己素未謀面過的爸爸，因爲不曾擁有過，所以她從未感到過悲傷的情緒，只是好奇不知道媽媽是否也會思念爸爸？如果出現了一個跟爸爸長得很像的人，不知道媽媽會像小宮先生一樣渴於見他嗎？

接著久違想到了目前她在世上唯二的家人，穿越過來後，每天都是新奇刺激與充實的連續，自由快樂到令她幾乎要忘了自己不屬於這個時代。

對於「家庭」，她腦海中浮現的只剩下那終日歇斯底里的碎念、惡臭滿溢的陰暗客廳，以及那滿頭白髮、老朽佝僂、受虐般的憂鬱身影。

她哀傷地發現自己已經想不起來阿嬤「正常」時候的樣子，甚至對自己偶爾閃過希望她趕快死去的念頭感到驚恐。

為何「孝順」不是人類的本能呢？

在她逃避著躲進房間、摀上耳朵、試著不去聽門外傳來的怒吼與哭嚎，若雲不只一次痛苦地想著。

像小宮家這樣感情融洽的家庭，應該是少數吧？……還是我的家庭才是少數呢？

「羨慕嗎？」不知何時，九華已來到她的身邊。

「說不羨慕是騙人的。」

若雲已經習慣即使她什麼都沒說出口、九華卻什麼都知道——彷彿可以讀心的能力。

「老實說，若妳不逃避的話，應該也做得到吧。」九華意味深長地說。

若雲的眼睫顫了顫。

「不過，不管要不要做，首先妳都得先『回去』才行呢！」

聽到回去二字，若雲的心猛然一震，她這才驚覺——自己竟然在害怕回去。

「我……還不想回去。」若雲的聲音越來越小。

「喔？一開始每次見到我都會逼問我何時能回去的人是誰啊？」九華戲謔的語氣，令若雲難爲情地咬唇，「會、會回去的，但不是現在。」

身後的和室內悠悠傳來三味線聲，乘著夜風裊裊而上。那抑揚頓挫飽含著獨特的哀戚感，彷彿隔開了世間所有的聲音，令若雲有種恍如隔世之感。

「九華，我爲什麼會在這裡呢？我穿越過來有什麼意義嗎？」

若雲忍不住抬頭，直直望向那金黃色的瞳孔，卽便眼前還是位濃妝豔抹的老嫗臉龐，在那金眸中好像看到了金色長髮的青年揚起一抹諱莫如深的笑容。

「這也是妳一開始每次見到我都會問的問題啊……」九華嘆了口氣，「『意義』這種東西，從來就不是該被詢問的問題，而是妳自己要去賦予的。」

「我自己……賦予嗎？」若雲有些聽不明白。

「嗯哼，妳穿越過來，要運用現代的知識去搞事業賺大錢、或運用主角外掛開後宮、或是想阻止戰爭改變歷史之類的……我都不會管妳。」前提是歷史有這麼容易被改變的話，他哼笑補上一句。

「只要妳願意相信我，我就能在這裡給妳絕對的『自由』。妳可以去做任何妳想要、但在現代做不到的事，爲這趟難得的旅程賦予意義，例如……談一場世紀之戀？」

若雲腦海中瞬間浮現了某位少年的身影，耳朵紅了起來。

「嘖嘖，看來母胎單身的人還有很長一段路要走啊，剛剛不是還火熱熱的嗎？」九華竊笑。

「你到底都從哪裡學到這種詞啦！……什麼！等一下……」若雲慢半拍地反應過來，「難道你剛剛是故意挑準時機才進來……？」

「人生苦短，戀愛吧少女！[20]妳還不想回去有部份也是因爲他吧？都到這裡來了，不做點跟之前不一樣的事不是很虧嗎？還是妳在擔心你們不是同一個世代的人、注定以悲劇收場的話還不如不要開始？」

九華的話就像一把利刃，狠狠戳進若雲的痛處。

「嗯，的確很像妳的作風呢。不過，對妳來說，這段戀情在妳的人生中或許只是段倏忽即逝的插曲，但對某人來說……也許是他人生的全部。」

若雲努力抑止自己不要去想，這不穩的話語中暗示著怎樣可怕的未來。

「就當是做一場美夢吧！夢醒了，什麼都不會留下的。」

手掌覆蓋上若雲的頭頂，攪亂了她的髮絲，也攪亂了她的心。

20原文「いのち短し恋せよ乙女」出自大正年間紅極一時的流行歌曲ゴンドラの唄（貢多拉之歌），裡頭第一句膾炙人口的歌詞。

＊

當時在渡邊心裡的，還只是一個無心的小留意。

當他在一樓上完廁所，看到大柴樓主跟一位明顯不是遊女的少女站在庭院那，那少女看上去還有點面熟。

直到渡邊回到二樓的和室房外，看到大柴樓主正準備打開紙門的時候，他的小留意才眞正轉變成了大疑問。

「聽聞各位警官們到訪，特此前來招呼，遲了接待真不好意思，我是花乃家的樓主大柴。」

「也太慢了吧！說好的白鹿酒咧？還有說要教我們玩遊戲的啊！」

「咦？我今天應該是第一次接待大人們……」

大柴樓主跪在打開的紙門前一臉困惑，後頭的渡邊一腳踏進和室內。

「咦？樓主妳也太快了吧，我剛才在樓下庭院那看到妳呢！」

「咦？我並沒有去庭院，是從房間直接過來的……」

無法交集的對話，令在場的警察們整個酒醒了大半，敏銳的直覺告訴他們：事情不單純。

「看來，是有間諜混進來了呢！」仲井警官握上腰間的配刀。

＊

同一時間，若雲聽到身旁的九華啐了一聲，下一秒立刻把和室的紙門拉開，把進帶了出來。

在進雲兩人還滿頭問號的時候，九華快速地說：「被發現了。」

同時聽到正上方、正好是那群警官們待的二樓和室傳來輕微的走動聲，進與若雲瞬間背脊發涼。

「那我們現在快逃……」

「閉上眼睛。」

「什麼？」

「不要動，閉上眼睛倒數二十……不、十秒就好。」

若雲懷疑自己聽錯了，在這分秒必爭的時刻，九華竟然叫他們閉上眼睛？

「相信我嗎？」

九華直勾勾地望進若雲的眼睛，金色的眼眸彷彿在祈求她的肯允。

「——當然！」

若雲迅速牽起進的手，有別於上次在神社的抵抗，這次進順從地回握住，兩人一起閉上眼睛小聲地倒數。

失去了視覺，其他的感官敏銳度被瞬間放大，他們可以清楚聽到踩在木頭地板上的數個腳步聲，已經迅速移動到樓梯口，「十、九、八……」只要一下樓梯不消幾秒就可以衝過來把他們抓住，「七、六、五……」但此刻若雲心中沒有一絲恐懼，因爲她全心相信著九華。

「四、三……」從地板傳來明顯的震動，已經可以知道他們已踏到最後一階、來到了一樓樓梯口，「……二、一！」

隨著一聲熟悉的彈指聲，他們立刻張開眼睛，發現整個世界已陷入無邊黑暗。

「跑！」

九華的喊聲像是推了進雲兩人一把，他們飛快地跑了起來。

突來的大停電，伴隨著以爲是空襲的驚聲尖叫此起彼落，有人倉皇失措到處逃竄，也有人愣在原地不敢動彈，整個遊廓陷入一片兵荒馬亂。

進、雲兩人的視線卻非常清晰。若雲第一次發現，人類在黑暗中竟然可以看得這麼清楚。

他們跑得飛快，一下子就跑出了遊廓，卻不敢大意，再跑過了幾個街區後才敢停下。

若雲與進緊緊牽著手，不停地喘氣。

然後，一股劫後餘生的舒暢感猛然竄遍全身，令他們在璀璨的夏夜星空下，相視大笑了起來。

＊

事後查明，不只遊廓區，整個榮町、鹽埕町、入船町、堀江町，甚至到北野町[21]，都遭受到停電的災情，直到隔天早上才恢復電力。

突如其來如此大範圍且長時間的停電，震驚了整個高雄州！調查之下，卻未發現任何短路或異樣。在群眾壓力下，官方也只好辯稱，是實施了未告知的防空演習。

——時間仍毫不留情地往前進。

八月中，張老師休完產假回歸國語講習所，在學生們的慰留下，進與張老師輪流教課。到了九月，以進的開學做為一個結束，大家一起在學校裡拍了一張全班的紀念照片。

十月，高雄州舉辦了一次大型防空演習，刺耳的防空警報聲與不停手傳水桶的防火演習，搞得大家身心俱疲。

十一月，金月喜孜孜地宣佈她找到了新工作。

十二月，高雄街上不分日夜舉行「旗行列」與「提燈行列」的遊行，群眾手提燈籠、

21　榮町、鹽埕町、入船町、堀江町、北野町，為今整個鹽埕區範圍。

大肆揮舞著日章旗[22]，一邊高唱軍歌、一邊歡呼無敵皇軍萬歲，慶祝攻擊珍珠港與攻陷香港成功。日本正式發表了「宣戰詔書」……

——「大東亞戰爭」，開始了。

22 日本國旗的正式稱呼。

第五章

「大東亞戰爭」開打後，世界好像一夕之間風雲變色。

高雄的市容迎來明顯的變化，只要寫有英文的招牌，一律被強制拆除，路旁冰淇淋小販車上的 ice cream 也被塗掉，只剩一面面日章旗在家家戶戶外隨風飄舞。「奉公廢棄物回收」、「祝賀志願兵實施」等標語看板，大量地散落在街頭各處。

只要有軍人應召出征或入營，民眾和學生就會被動員出來，在大街上、在車站裡，人手一支日章旗猛力揮舞，大聲唱著軍歌，呼喊萬歲歡送。

每當日本軍隊又攻陷了一個地方，街上各個商家便會掛上大布條慶祝，舉辦歡騰的變裝遊行。他們相信，每攻佔一個地方是在解救那裡「受苦的人們」，日本必須幫助那些人，且一起實現「大東亞共榮圈」的偉大使命，人人都在為這場「聖戰」做萬全的準備。

只有若雲知道，這場戰爭日本會輸，但她卻無法對任何人說。只要說了，立刻會被說是「非國民行為」遭受懲罰，甚至被打成「間諜」鋃鐺入獄。

不過在這股歡騰與自肅交融、宗教般的狂熱氛圍中，對若雲來說，還是有些好事可以期待。

＊

若雲等在高掛著各式花花綠綠旗幟的高雄館前，不一會兒，進氣喘吁吁地出現。

「抱歉，因為愛，所以多花了點時間……等很久了嗎？」

「沒有，其實也可以帶小愛一起來啊？」

「渡邊君只有給我兩張票，而且愛說她不想被馬踢……呃……沒事。」進微側過頭，不再說下去。

聽說是「皇民奉公班」的渡邊給的票，在若雲內心驚訝原來這傢伙還有好的一面時，進又老實地補了一句。

「渡邊君說這是雲桑上次幫他們找狗的謝禮，他說他死也不想欠本島人人情……啊，抱歉！」進這才發現自己好像說了多餘的話，趕忙閉嘴。

「……」若雲決定收回上一句話，果然渡邊還是那個渡邊。

高雄館是高雄第一家「電影院」，位於熱鬧的高雄銀座商圈附近，有別於現代的電影院形式，日治時代的電影院還會上演戲劇。

他們進到高雄館後，一位歐吉桑帶領他們入座，看起來像是高雄館的資深員工，過程中不斷有人找他求下指示，大家都叫他「大川桑」，但他說的日語卻有臺式口音。

這次他們看了一齣叫《通事吳鳳》的青年劇，描述吳鳳如何犧牲自己的生命，讓原住民放棄獵人頭的內容。

若雲知道這個故事，驚訝原來日治時代就已經有了的同時，故事內容跟她所知的版本幾乎沒什麼不同。

不同的語言、不同的時代，竟會有如此相同之處，令她隱隱感到其背後一股傳承的惡意。

放映結束後，進說要去市役所一趟找小宮先生。

「星期天還要上班？」若雲驚訝問道。

「嗯，他們偶爾假日加班，要去清掃奉仕軍人遺族的住宅。」進說。

小宮先生在高雄市役所屬土木水道課，聽說市役所這棟建築物就是他們所設計的，委託一位叫大野米次郎的人承包給清水組建設。

若雲看著眼前這棟雄偉的建築物，不禁肅然起敬，畢竟這棟建築物可是經歷了超過半世紀的歲月，殘存到現代仍屹立不搖。她想起九華曾說過，這棟建築物很特殊，蘊含著從古至今的龐大能量，是個跟『過去未來』有深刻連結的地方。

不過也是自從那時起，因爲害怕不知道又會突然被傳送到哪裡去，也不想被當時的警衛認出、再度招惹事端，若雲再也沒踏進過市役所的範圍內。

若雲沒有跟進一起進去，而是一個人惴惴不安地等在外頭的大路邊，當她甚至想蹲下降低存在感時，卻猛然被人從後面撞上。

「哎呀！」若雲跌在地上。

「抱歉！我沒看到妳！」那人嚇了一大跳，趕緊拉她起來，看來是剛從市役所內匆匆走出來。

若雲抬頭，看到一位皮膚曬得黝黑、濃眉大眼、五官深邃得彷彿是刀雕刻出來般，人高馬大的壯漢。

「沒事嗎？」男子用低沉的嗓音問。

「沒事沒事，對不起，是我蹲著不好。」若雲愧疚地說。

「我沒看到也有不對，沒事就好。」說完男子便瀟灑地離去。

或許是受了剛剛看的青年劇的影響，看男子的長相，若雲第一時間直覺認爲應該是原住民，但同時從他口中流洩而出的日語卻又是那麼地流暢，這錯置感令她腦袋陷入混亂。

不久，進從市役所走出來，看到若雲手上有些許擦傷，若雲才羞恥地跟他說了剛剛的事。

「不是來獻金，就是來登記志願兵的吧？」進說。

「志願兵」自從今年二月一日開放登記之後，全島陷入一種近似瘋狂的應徵潮，光是高雄州第一天便湧入破兩千份的申請書。

若雲知道，這裡的兵役不像現代一樣有名無實，是眞的會上戰場去的。

一想到這，她不禁隱隱不安了起來，不料進卻先開口了。

「聽愛說，最近女生都非志願兵不嫁……雲桑也是這樣嗎？」進偏過頭，用著好像漫不經心的語氣。

在軍國主義渲染下，女生的擇偶標準第一名已經變成了軍人。男生若不當兵，會被女生恥笑、看不起、沒有人願意跟你交往；但若當了兵，身價會翻漲數倍，立刻變爲搶手的對象，這也是造成志願兵應徵熱烈的原因之一。

「我……不想要有戰爭，所以也不希望喜歡的人去當兵。」

但若雲的答案從頭到尾就只有一個，她只希望她身邊的所有人，都能夠躲過戰爭，平安的、好好的。

出乎意料的答案，令進雙眼微微睜大，「可是這個戰爭是為了我們國家，和亞洲的和平……」

這是若雲第一次聽到進顯露出軍國思想，她明明知道這是理所當然的反應，心還是不受控地揪痛起來。

「我想……你們說的『和平』，跟我的『和平』，意思可能不太一樣……」

進皺起眉頭，陷入沉思。若雲也噤聲不語。

「稱仔事件」的陰影還殘存在若雲心中，她已經不會硬要去改變或說服什麼。生活在日本時代的人們，他們的感受與認同，不是她一個未來人可以隨意插手或評斷好壞的，她沒有資格……也因爲她只是一個普通人，根本無力改變。

意外碰觸到的敏感話題，若雲的心開始騷動，她不想在這種尷尬的氣氛下結束他們第一次「約會」。

遲鈍如她，在遊廓那近距離接觸後，也感覺得到她跟進之間開始瀰漫著微妙的曖昧。但自從去年國語講習所修業式後，他們再也沒有定期聚在一起的理由了，少了一個大家聚在一起的機會，讓若雲倍感寂寞。

尤其臺灣總督府於今年一月三日發布「學徒奉公隊規程」，將臺灣中等以上學校學生編入「學徒奉公隊」，要求學生參與防空訓練、糧食增產、軍事服務、神社清掃等各種勞務工作，以達盡忠報國之目的。

身爲中學生的小宮進當然也是其中一員，自從他被編入學徒奉公隊後，除了星期一到六至學校上課之外，剩下的時間幾乎被調去義務性服務，更難見到面了。

「那個，學徒奉公隊很忙吧？」若雲想轉移志願兵話題，開口問道。

還在沉思中的進，被這麼一問才猛然回神，「喔、喔，對啊，真的很忙。」

「呃，那真不好意思，今天還占用你寶貴的休息時間……」

「喔，沒有，其實還好，一點都不忙，真的！如果雲桑妳有想要去哪裡，都可以找我，沒問題！我、我很閒！」

看著進趕忙解釋的慌張模樣，若雲忍不住笑了開懷。進呆望著若雲的笑容，羞赧地拉低帽子。

一股情竇初開的酸甜氣味，在兩人之間緩緩流過。

＊

三月底，小愛來找若雲，開心地說她考上了高女。

高女爲簡稱，全名爲高雄州立高等女學校[23]，跟高雄中學校一樣，都是菁英才能入讀的學校。

若雲覺得果然「有其兄必有其妹」，小宮兄妹都很優秀。

不過若雲最震驚的還是，原來小愛已經滿十二歲了！由於她不到一百四十公分的嬌小身材，若雲一直以爲她才小學。這時代的人普遍身高都不高。

考上高女、可以穿上憧憬已久的水手服，小愛十分興奮。聽聞未來的學校講堂今天有一場「國語演習會」，類似國語講習所的成果發表會，小愛就想拉著若雲一起去看。

若雲知道她大概是假藉國語講習所發表會之名，行看新學校校舍之實，也就寵溺地笑笑陪她去。

直到小愛熟練地攔了一輛人力車停在面前時，若雲才訝然開口。

23　現在的高雄女中前身。

「我們要坐人力車去?」

「對呀!」

人力車在這個時代就像計程車般隨處可見,每一輛還有自己的車牌號碼。若雲從來沒坐過人力車,就算是從哈瑪星的王家去到三塊厝的國語講習所,甚至是工作中跑遍高雄市區,若雲都是徒步。有想過要買腳踏車,但後來還是決定把錢存下來,以備不時之需。

「有沒有其他方式?」若雲暗示可以用走的。

「公車有點……」小愛面露難色。

小愛自從第一次搭公車遇到公車癡漢後,就再也不搭公車了。所以才改搭人力車啊……若雲恍然大悟。

但她每每看到人力車夫奮力地拖著車子,跑在高雄的大太陽底下,都覺得於心不忍,更遑論去坐了。

「小姐,要一起坐車嗎?」人力車夫熱心地用日語問著。

「不行吧!怎麼可以坐兩個人?」若雲連忙揮手拒絕。

人力車幾乎一車只載一位客人,她一個人已經很重了,若再加上小愛,這樣車夫的負擔也太大了。

「沒問題的,來坐來坐。」車夫笑得很阿莎力,燦爛的笑容在陽光下顯得樸實耀眼。

「沒問題的,王桑力氣很大,很厲害的!」看來是認識的車夫,小愛也在一旁幫腔著。

若雲想起跟小愛的初次相遇的確也是在交通工具上……看來要她跟著自己走路過去是不可能了。小愛的嬌小身高，也許可以當成是小孩子，應該是不會太重。

「那就拜託您了……」在人力車夫跟小愛的堅持下，若雲只好妥協。

若雲跟小愛兩人爬上車，王桑還眞的拉得動，在市區內揮汗跑了起來。

也許是心理作用，若雲覺得好像下一秒車子就會往後倒下去，那奇怪的感覺，逼得若雲整路車程都得保持著往前傾的怪異姿勢，就怕車子翻覆。

爲了轉移自己的注意力，若雲向車夫搭話。

「王桑是高雄人嗎？」

「不是，我澎湖來的。」

「**很辛苦吧？**」若雲意有所指地問。

只聽王桑淺淺地笑了一聲，用宏亮的聲音回了句：「**不會啦！**」

抵達高女時，若雲給了比一般車資更多的錢。

在殖民地臺灣無所不在的差別待遇環境下，曾幾何時，若雲也生出了與臺灣人的一體感。她認爲自己同樣身爲臺灣人，卻坐在臺灣人出賣辛苦勞力的人力車上，令她怎樣也過意不去。

但王桑堅持不收，善良憨厚的態度，令若雲反而慚愧起自己這可謂「同情」的失禮舉止。

高女的講堂時常出借場地舉辦各種演講會與活動，若雲跟小愛兩人毫無阻礙地進到校園。步入講堂後，她們才驚訝地發現，這不是單純的「國語講習會」，而是「高砂族的國語講習會」。

偌大的講堂裡聚集了上百位的「高砂族青年團員」，這在現代也是難得一見的光景。國語講習會除了一般的國語演講、舞蹈、唱歌，甚至還有戲劇表演，熱鬧非凡。

其中，在青年團的個人組演講項目中，一位叫三島時江的人表現得鶴立雞群，不僅國語說得流利漂亮，在臺上散發出的臺風與氣質更是高人一等，吸引全場的目光，最後果然一舉拿下個人優勝。

若雲定睛一看，才發現他竟然是前陣子在市役所前撞到的那個人！

「果然是高砂族啊！」果然是原住民啊，她心想。

一旁的小愛目不轉睛地盯著臺上正在領獎的三島，突然悠悠說了一句：「愛覺得，山上的人都好高、好壯喔！」

看著小愛眼神裡充滿憧憬，若雲心想：原來小愛喜歡這型的？

＊

莊炳輝憤慨地疾走在高雄中學校的走廊上，準備前往校長室。

一個禮拜後，即將舉行全臺中學軍訓閱兵儀式，本來由他擔任總指揮，沒想到剛剛才從班級教諭那邊得知，他竟然被臨時換角了！

莊自認也許功課不如日本人，但他在體育武道及軍訓方面十分有自信，非日本人的他當初會被選上，一定也是因爲實力。

莊炳輝咬牙，最近阿爸才剛被四腳仔不由分說地抓走，到現在都還沒有回家，阿母天天以淚洗面、求神拜佛，家裡一片愁雲慘霧。

好不容易有這個揚眉吐氣的機會，結果臨時被換角！不甘心的他決定直接去找校長理論。

他路過第一校舍的長廊，看到幾位學長好像在教訓學弟。

這在學校裡是見怪不怪的光景，尤其最近志願兵的潮流下，血氣方剛的人是越來越多了。

「喂，看到我沒有敬禮，膽子不小啊！幾年幾組的？叫什麼名字？」

「一年三組的、柯善山……」

「嘖，果然是一年級新生。你咧？」

「同樣一年三組的森公雄……」

看到兩位一年級新生茫然無措的模樣，莊炳輝感慨，當年他也是滿懷著驕傲進到高雄中學校，立刻就受到嚴厲的上下階級與內臺歧視的洗禮，從此內心思想起了極大的變化。

他暗暗幫這兩位可能卽將遭受皮肉之寃的可憐一年級學弟祈福。

進入了校長室後，大森校長直接了當地跟他說——總指揮不能由臺灣人擔任。

卽使心中早已有底，被如此毫不掩飾地告知，莊還是難掩內心震驚怒火。

爲什麼？明明我是憑實力被選上的——只因爲我不是日本人？

莊強壓憤恨，咬牙切齒地問：「我可以請問一下，是換成誰擔任嗎？」

「是跟你同班的，小宮進君。」

卽使莊內心理性的那一塊告訴他，小宮沒有任何的錯，但此刻內心無處發洩的憤恨不滿，還是忍不住全宣洩在這位優秀的日本同學身上。

又是小宮！又是他！爲什麼？明明我也不差，就因爲他是日本人、我是臺灣人，永遠也無法平等競爭嗎？這太不公平了！那這樣我這麼努力到底還有什麼意義？未來我到底該怎麼辦？

提早體會到了社會的殘酷的莊，深刻理解到這社會並不是有實力就足夠，還得加上你的出身。

只要你的出身不對，再努力也沒有用。

莊失魂落魄地關上校長室的門，聽到不遠處傳來渡邊雪夫他們縱聲的大笑，他知道渡邊是故意路過來嘲笑他。

他低下頭不去看，拳頭緊握到顫抖，內心不斷想著自己拚命努力至今的人生，就像牛屎般毫無意義、被人任意踐踏。

就算考上了高雄中學校又如何？在這殖民地的臺灣社會，他永遠無法跟日本人平起平坐、註定當一輩子的二等公民受人歧視，往後的人生籠罩上一層黑暗，完全看不見一點希望。

＊

身爲穿越者的若雲，爲求保命，基本上對這時代是採取不主動介入的旁觀者心態。但在大東亞戰爭開打後，即使非她所願，也不得不跟著當時的臺灣人，一起被強制劃入戰時體制的麾下。

一九四二年五月十七日，「臺灣青少年團」在臺北公會堂舉行結團式。自此，全島十四至二十五歲之間的男女青少年，無論在學與否，皆在當局強行動員下被吸納爲「青年團」團員，高雄州隨後也於六月二十七日發令〈高雄州青少年團設置要領〉。於是在這裡沒有上過學的若雲，第一次被國家編入了體制內，成爲了「女子青年團」的一員。

有別於「男子青年團」，女子青年團主要工作爲宣導政令、呼籲儲蓄、捐血慰安、物資回收等後方援助工作。

初秋十月，若雲接到了她必須在十月六日到高雄州青年會館集合，執行她第一次的青年團活動，他們稱爲「勤勞奉仕運動」。

最近「金屬回收運動」如火如荼地展開，今天她們的任務便是協助宣導回收，請大家把家裡的金屬捐出來，供給軍需所用。

跟若雲搭檔的是一位活潑熱情的臺灣女孩，名叫潘玉蘭，是高女的高材生。

「**妳讀高女好厲害呀，我也有認識一位讀高女的朋友。**」若雲友善地說。

「**嗯……是喔？**」

通常若雲遇到只有臺灣人在的場合，會切換成臺語。

不像她跟金月是有目的地要練日語，她覺得在臺灣跟臺灣人講日語，實在太可笑了。

不過出乎她意料的，她發現有些臺灣年輕人已經不太會講臺語。

像玉蘭就是一例，跟她在現代時的臺語程度差不多：聽得懂，但很難流暢地說出一句完整的句子，總是參雜著「國語」講。

雖然阿田阿蕉就沒有這種問題……看來是跟受教育程度的高低有關。

教育程度越高的年輕人，日語越流利，臺語越吃力。

不知道該如何解釋此一現象，若雲只得無奈地嘆口氣，用「國語」跟她溝通。

「尹桑從來沒有上過學嗎？國語說得很好呢！」玉蘭驚嘆。

「其實我有上過學啦哈哈……算了沒事，謝謝稱讚，妳國語也很好。」若雲尷尬地笑了笑。

發現若雲可以用日語溝通後，玉蘭話匣子便打開了，不停地說為了大東亞聖戰，自己必須盡一份心力的使命感，女生就是要做好後援才行，還說她只要拿到零用錢就會去「獻金」，行有餘力還會去醫院「獻血」。

跟不上玉蘭的滿腔熱血，若雲只能嗯嗯喔喔、隨意敷衍幾句。

她們作業進行到高雄銀座內時，正好遇到日新堂書店的顏阿參老闆，手上拿著一個皮夾正要去警察署，說是在店內發現了客人的遺留物。

玉蘭立刻熱心地發聲：「我們幫您找失主吧！」

我們？若雲沒想到她會古道熱腸到這種地步，還擅自把她拖下水，「妳要怎麼找？」這時代可沒有監視器啊，不像現代還可以放上網路，在這裡除了登報跟送警察署以外，沒別的方法了。

「遺失物是誰最先發現的？」玉蘭一頭熱地逕自問老闆。

看來她有不聽人說話、一股腦兒自己進行的傾向。若雲無奈，看來自己是得奉陪到底了。

「第一發現者是綠屋書店的小兒子，是我們店裡的常客。」顏老闆說。

「欸，綠屋書店？那我可能認識。」若雲腦海中浮現一位戴眼鏡的少年。

若雲帶著玉蘭來到附近的綠屋書店。

「聽說是你發現日新堂書店的遺失物，你有什麼線索嗎？」若雲問。

「什麼線索，我在看書根本沒注意啊！只是要出店門口時看到地上有一個皮夾，就撿起來而已。」

從店內被叫出來的荒川七郎一臉不悅。

自從若雲讓他跟金月有更多接觸後，他對若雲的態度便不遜了起來，雖然在若雲看來，只是幼稚的遷怒而已。

「你在店內看書的時候，有注意到什麼異樣嗎？奇怪的客人？或任何都好？」幸運抓住應是最接近案發時刻的在場人，玉蘭鍥而不捨地追問。

「異樣？嗯，這麼一說，我是有聽到奇怪的咚咚聲……」

「咚咚聲？」若雲腦中一秒跑過祭典中咚咚咚敲打大鼓的畫面，「當時外面有祭典嗎？」

彷彿看穿若雲內心的想法，荒川翻了個白眼，吐嘈道：「笨蛋嗎！怎麼可能是大鼓的聲音啊！是更接近那種……敲地的叩叩聲……」

敲地？爲什麼書店內會有敲地的聲音？若雲完全想像不出來，荒川也隨卽閃進屋內，再也叫不出來。

產生了更多疑惑的兩人頓時陷入瓶頸。

此刻幾已入夜，怕王家人擔心，若雲小心翼翼地問要不要先回家了？等隔天一早再找也好。雖然這任務的困難度，憑她們兩人根本是大海撈針，她很想直接放棄、交給警察處理就好。

沒想到玉蘭不情願地搖搖頭。

「現在還早，我都等我爺爺睡覺後才回家的，他還醒著我沒辦法讀書，因為他……啊！」玉蘭突然大叫一聲，把若雲嚇得差點跳起來，「我知道了——是枴杖！敲地的叩叩聲是枴杖！」

幸運的靈光一閃，讓兩人士氣大振。

她們立刻假設了失主是行動不便、拄著枴杖的老人，加上荒川撿到門口遺失物的時間是下午五點左右。

於是她們立刻回到日新堂書店，詢問當天下午五點前後一小時間值勤的店員，有沒有印象店內有來拄著枴杖的老人客。

「嗯……我都忙著整理書架沒有注意呢。可能有買東西、經手過我收銀的客人我才會記得。」店員小姐歪著頭回想道。

「那妳收銀時有印象遇過拄著枴杖的老人來結帳嗎？」玉蘭追問。

「是沒有老人，不過有一位……」

＊

清晨的冷風，吹過大港埔一片未開拓完全的荒野田地，若雲曾跟阿田一起去過的逍遙園，抖擻地矗立在旁。

若雲和玉蘭兩人來到了位於大港埔的高雄陸軍病院。

昨晚，她們從店員小姐口中得知一位叫「鮫島虎雄」的退役軍人。

鮫島虎雄，這個名字任誰看了都覺得霸氣英勇，兩人忍不住擅自想像起鮫島先生的樣貌，一定就像課本描繪的一樣：雄赳赳氣昂昂的大日本帝國軍人，踏著結實的綁腿大步朝她們走來、伸出大又厚實的雙手、用著聲如洪鐘的嗓門，感謝她們找到遺失物——

直到她們進入病房，看到一位穿著白色病人服、氣弱又病懨懨的青年，躺在鮫島虎雄的床位上時，兩人瞬間噤了聲。

「我的確有去日新堂書店，回來才發現我的皮夾不見了，謝謝妳們的幫助。」

鮫島虎雄用著氣若游絲的聲音，一邊感謝她們找到遺失物，一邊想要朝她們敬個禮。他伸出骨瘦如柴的手，掀開棉被——露出只有一隻腳的下半身。

他左腳大腿以下被截肢了，空空如也。

若雲跟玉蘭同時倒抽了一口氣。

這是若雲第一次看到「傷痍軍人」，也是大家口中不停讚頌著的「白衣勇士」。

也許是察覺到兩位少女的沉默，鮫島不動聲色地把棉被掩上，故作開朗道：「好險有找回皮夾，不然就不能買書了。本來想去日新堂書店買英語參考書回來讀，不過沒想到半本羅馬字的書都沒看見呢，哈哈……」

大東亞戰爭的緣故，圖書館、書店內，只要跟美英有關、甚至封面僅寫有「羅馬字」的書，都會被全面規禁下架。

「為什麼想學英語呢？」不常見的理由，令若雲忍不住問道。

「我有位同年兵[24]好友，對英語很拿手，但我完全不會，他曾說過他要教我……」

鮫島眼中閃過複雜的光芒，靜靜地不再說下去。

若雲立刻意會過來，爲什麼他不請那位好友教、只能自己買書讀的原因。

這剎那，若雲第一次意識到自己離戰爭非常近。

在這個混亂的時代，她、抑或是她身邊的人們，隨時都有可能因爲空襲或被徵召，受傷甚至死去。

——她腦中倏然閃過自己失去雙腿的片刻殘像。

那光景是那麼的鮮明眞實，令她不由自主起了雞皮疙瘩。

病房內，彼此心照不宣的哀戚空氣，壓得若雲幾要喘不過氣。

最後，這件事因爲若雲和玉蘭的熱心協助，不到一天便找到了失主。日新堂書店的顏

---

24 同年兵是同梯之意，爲戰前日本陸軍慣用語。

店主兼任記者，在鮫島先生領回失物後的隔天，還在《高雄新報》的小小角落刊了這篇報導。

＊

〈海行兮〉的旋律，悠悠地從收音機流淌而出。

臺灣總督府控制了電臺，千篇一律的戰時報導與自肅宣導，一度令若雲興味索然，但這時代沒有網路跟電視，要獲取外界的消息，只能靠報紙跟廣播了。

廣播裡整日放送著日本國歌和軍歌，〈君之代〉、〈愛國行進曲〉、〈臺灣行進曲〉、〈太平洋行進曲〉……其中〈海行兮〉甚至被指定爲日本國民歌。

大東亞戰爭開打後，日本下令禁止播放美英的歌曲，甚至強迫店家交出所有美英唱片，以往縈繞在咖啡廳等摩登時尚店內的貝多芬田園交響曲，已全部變調成慷慨激昂的日本軍歌。

如此鋪天蓋地的強力放送下，就連不諳日語的幼兒孩童在耳濡目染下，對軍歌也是琅琅上口。剛上國民學校一年級的阿蕉，口中也不時哼著學校教的日本童謠。

「桃～太郎桑、桃太郎桑～」

「一朵紅花一朵白花……」

無形之中，成功塑造出了一股不分內臺、全民齊心奉公爲國的團結氣氛。

雖然很多臺灣人連歌詞內容是什麼都不知道，只是跟著旋律唱而已。若雲暗自苦笑。高女在戰時體制下，當然也化身成「軍國之母」、「南進女子」培育校，爲了養成全民備戰的健康體魄，高雄市內大部分的學校都規定學生，不管住多遠都得走路上學，除非住高雄市以外的才能通車。

柔弱不擅運動的小愛，有感自己體力不足，這天她請進和若雲一起陪她做跑步訓練。

「不好意思還請小雲抽空陪我，真的很謝謝妳。」小愛感激地說。

「不會啦，我很高興。」

「本來哥哥不想理我的，我說要約妳，哥哥就——嗚唔嗯！」小愛話還沒說完，就被進摀住了嘴巴。

「我看今天把終點設在鳳山好了，目標遠大一點總是比較好的。」進一邊說，一邊無視妹妹對他的粉拳伺候。

從哈瑪星走到鳳山單程至少要兩小時呢……若雲沒想到在她面前溫柔的進，對上妹妹也有這麼壞心眼的一面。

三人先從哈瑪星跟鹽埕埔市區開始跑起。

若雲原本運動神經就很好，又常爲了王家的工作四處奔波，早已練就一身體力；時常舉辦軍事演習與查閱的高雄中學生的進更不用說了，唯一就只有小愛……呃，可能追上兩人的速度還需要一點時間。

好不容易跑（走）完一圈之後，像是精力發洩不夠似的，進提議要再跑到五塊厝或鳳山那去。

「什麼！等一下……那我要、我要回去騎腳踏車……」小愛喘得結結巴巴。

「什麼！等一下，騎腳踏車就沒意義了啊！」進想阻止。

「腳踏車也可以練、練體力啊……也、也會喘、喘啊！」

好吧，至少小愛經歷第一次的過激訓練沒有當場放棄，還願意換腳踏車繼續，也許就該鼓勵了，於是他們回進家牽了一臺腳踏車出來。

在出發前，進故意只關心若雲說：

「雲桑還可以嗎？需要喝水嗎？」

「哥哥你壞心眼！我也很渴，我要喝水！」

稍微窺到了兄妹倆間的相處模式，若雲不禁莞爾，眞是一對可愛的兄妹。

出了鹽埕埔市區後，大港埔到五塊厝、鳳山這段路，大多是未開發完成的區域，兩邊是一片片農田的鄉間單線道居多，行人也頓時少了大半。

在人煙稀少的小徑上，若雲感覺到進貌似心情很好，口中甚至無意識哼起了小小聲的旋律。

若雲還以爲自己聽錯了，因爲這旋律——是她小時候在電視上聽過的羊奶粉廣告配樂啊！爲什麼進會知道這首歌？

「進桑等一下，你哼的那是什麼歌？」若雲驚訝地問。

「咦？我沒有……？」進現在才意識到自己不小心哼出聲，慌張地捂住嘴。

「我有聽過這首歌……」若雲絞盡腦汁地回想。

「我、我只是覺得旋律很好聽……」進想強裝沒事。

「不，我不是在『這裡』聽到的。」

若雲記得自己小時候聽到的版本是中文，歌詞是：「媽媽呀～媽媽呀～我要當快樂小小孩……」，她把曲調哼了一遍，更確信了在現代聽過這首歌，但她百思不得其解，爲何日本時代會有這首歌？

「進桑，你可以再唱一次嗎？有歌詞的。」

進摸著紅紅的耳朵，有些難爲情地小聲唱了起來。

「披上紅色彩帶，榮譽軍夫出征，興奮的我們啊，是日本男子漢……」

聽到歌詞的若雲驚訝地張大嘴巴，她完全沒想到這首歌居然在日本時代就有了，還是愛國軍歌！……不對！等等！雖然她最先聽到的版本是中文廣告，但她依稀聽過從阿嬤看的老歌臺裡，傳來同樣的旋律，卻是不同的歌詞——

「**雨夜花，雨夜花，受風雨吹落地……**」若雲有些猶疑地輕聲唱著。

小愛忍不住停下腳踏車，四處張望。

皇民化運動如日中天的這個時期，已經不能隨便說臺語了，要是附近有日本人，可不免被側目指教一番。

慶幸的是，這條小路上舉目所及除了他們，沒有其他人影。

聽到若雲唱的版本，進表情難掩驚訝，「這歌詞……我聽過日本語版的，叫雨夜之花。」

若雲頓時陷入了疑惑，到底這首歌是誰做的？爲什麼一首歌有這麼多版本？是日語軍歌、也是臺語歌曲、還是中文廣告配樂？甚至從日本時代流傳到現代仍爲人津津樂唱？

「**雨夜發，雨夜發**……」

腦袋還在運轉，一旁的小愛卻用著不標準的臺語複唱了一遍，接著靦腆地笑笑：「嘿嘿……愛覺得這個版本最好聽。」

「妳是在拐個彎說我唱的不好聽嗎？」進故意鬧她。

「不是啦！哥哥真是的。」小愛嘟起嘴巴。

聽到明明是日本人的小愛唱著臺語版，不知爲何，若雲突然有股想哭的衝動。

「嗯，我也覺得臺灣語版本最好聽！」

接下來的路上，三人小聲地一起哼唱著最受好評的臺語版本。

小愛開心地說這是她學會的第一首臺灣語歌，進則是若有所思地咀嚼著臺語歌詞。

枯燥的跑步訓練，在〈雨夜花〉歌聲的陪伴下，劃下美麗的休止符。

＊

他們抵達鳳山街後稍作休息，正當他們把腳踏車停在路邊，準備向攤販買冰淇淋吃的時候，一個人影從一旁陰暗的亭仔腳中突然竄出，跨上小愛的腳踏車揚長而去。

「啊！我的腳踏車！」小愛尖叫。

是偷車賊！進跟若雲還反應不及，一個身影咻的一聲，快速地掠過他們身邊激起一陣沙塵。

他們只看得到一個高壯寬厚的背影，頭也不回地大喊：「交給我！」

慢著！人怎麼可能跑得贏腳踏車？若雲不可置信，跟著進拉著小愛追了上去。

不知道小偷是否怕市區人多易被攔截，他轉進若雲他們來程時人煙稀少的單行道，這剛好合若雲的意，她很怕會跟丟，畢竟那位青年——

實在跑得太快了！

他們遠望著前方已縮成模糊小點的一車一人，幾分鐘後，他們聽到前方傳來騷動聲，加快腳步往前一看。

只見腳踏車翻覆在一旁，輪子還在嗡嗡轉著，而青年則把偷車賊整個人壓制在身下。

天啊！這人還眞的追上腳踏車了！而且——

若雲定睛一看，這才發現這位見義勇爲的青年，竟是之前在高雄市役所前撞了她、還有出現在高砂族國語講習會上的，那位三島啊！

「不要亂、動！現在就把你送到警察署去！」三島對他身下不斷掙扎的男子威嚇道，那位男子一聽到警察，立刻嚇得求饒。

「**不！拜託！我做錯了！**對不起！**不要！大人，不要……拜託！**」說著說著便流下眼淚。

看著一個蓬頭垢面的臺灣男人，拚命用著僅會的日語夾雜臺語，流著眼淚求饒的模樣，若雲的心被狠狠地揪緊了。

戰爭時期，各種物資食物被嚴格控管的情況下，底層臺灣人的處境可想而知，是更加不堪的。

現場氣氛頓時沉重起來，一起看向腳踏車的主人小宮愛。

「沒關係，反正腳踏車也追回來了，我不會告訴警察的。」

若雲幫忙翻譯後，臺灣男子不斷說著不標準的「謝謝、謝謝」便離去。

小愛挨近坐在地上的三島，若雲這時才發現，三島的手臂上有一道長長的傷口，正在淌出鮮紅的液體。

「您受傷了。」

小愛動作輕柔，熟練地幫他清除傷口上的泥沙，並從懷中拿出手帕為他包紮止血。

整個過程三島好像被勾去魂魄一樣，只得微張著嘴巴，愣愣地看著小愛的一舉一動。

「謝謝……呃……」

包紮完畢，三島好像才終於回了神，他站起來，努力把自己的視線從小愛身上移到一旁的腳踏車說：「腳踏車……不知道有沒有壞，對不……」

「那種事才沒關係！謝謝您幫我追回腳踏車！」

嬌小的小愛仰頭望著比她高了近四十公分的三島，雙眼散發出崇拜的光芒，三島則不好意思地別開視線。

對比前兩次看到三島那落落大方的模樣，跟現在簡直天差地遠，若雲忍俊不住。

三島剛好也要去高雄市區，四人便一起踏著橘黃的夕陽，走在回去的路上。

「你跑步好快啊！沒想到你能追上腳踏車，真不愧是高砂族。」若雲不假思索地讚嘆。

三島愣了一下，然後搔搔頭，「我其實沒什麼意識到這件事，只是為了從阿緱神社跑到高雄神社，我每天都會跑步。」

「是驛傳競走嗎？」進問。

「沒錯。」

驛傳競走指的是屏東的阿緱神社與高雄的高雄神社，兩縣社間的跑步接力賽，通常於每年新年初的二月中舉行。主辦單位還會舉辦投票，讓民眾猜第一隊走完所花費的總時間，預測得越接近者有獎勵，是個不只參賽者，連民眾也能一起參與的活動。

穿越過來後的第一個新年，若雲也有好奇去圍觀過，沒想到三島有出賽，人的緣分真是奇妙。

「所以你是屏東出身?那怎麼會要回高雄呢?」

「因為我明天一早就要出征了,今晚先投宿在高雄港附近的旅館。」

突如其來的情報令在場的人都吃了一驚,沒想到會遇上即將坐船出海的軍人。下意識把「出征」跟「死亡」連結在一起的若雲,心開始不安地亂跳。原住民的話,是那個吧……「高砂義勇隊」……若雲只要想到現在走在身旁的這個人,明天就再也看不到……無法停止胡思亂想的若雲,不禁渾身發抖。

「武運昌隆。」進祝賀道。

「我會的!」對比若雲的愁容滿面,三島咧開嘴燦爛地笑了。

*

隔天一早,若雲來到了位於高雄港車站前的春田館,是三島下榻的旅館。若雲代替去上學的小愛,跟三島領回洗乾淨的手帕,順便送行。雖然若雲並沒有帶著日章旗跟旭日旗,也沒有要唱軍歌歡送的打算。

她只一臉憂心忡忡地盯著五官深邃又黝黑的三島,穿著墨綠色的軍服,腰際還配著一把刀。

只有她知道，不到幾年日本將會戰敗，即使現在報紙與收音機裡傳的全是捷報，但這全是日本封鎖消息而已，日本早已節節敗退，現在出征……無疑是送死。

「如果……」難得遇到即將出征的軍人，她忍不住把心中深藏已久的疑問拋了出來，「只是假設……如果這場仗必輸，你還會去嗎？」

三島一瞬間睜大了眼睛，好像從沒想過會被問這個問題，但隨後自信地說：「當然！無關輸贏，日本人就是要為天皇陛下而戰！」

「即使會死？」

「我不能選擇我的出生，但我能選擇我的死亡。能像櫻花般璀璨地凋零在戰場上，是我無上的光榮！」

即使三島的語氣十分開朗，但若雲的沉默不語，還是將現場氣氛帶至低點。

三島可能第一次遇見像若雲這樣的人，有些不知所措，連忙開話題。

「沒能親自將手帕還給小宮愛桑，我非常遺憾，她是我見過最溫柔、最有氣質、最像大和撫子的人……」

從中嗅到了一絲不捨之情，若雲忍不住虧他：「你是不是以為日本女生都是大和撫子啊？」

「難道不是嗎？」

「小愛的個性其實比你想的還要活潑喔！」

沒想到會被間接指責對「大和撫子」帶有刻板印象，三島臉上閃過一絲困窘。此時，一道聲音從三島身後傳來，若雲看到一位黝黑、矮小精壯的人走了過來。

他一看到若雲，便露出一抹會心的微笑，跟三島交換了幾句話後，又一臉自討沒趣似的回旅館裡了。

若雲完全無法知曉他們說了什麼，因爲他們用的是原住民語。

三島回過身來，咳咳兩聲，伸出大拇指比比後方說：「剛剛那傢伙，跑步就很慢。」

若雲不解地歪頭，他才又彷彿趁勝追擊般的語氣說道：「所以，請妳也不要以為，高砂族每個人都能跑得像風神一樣快啊！」

若雲這才回想起，昨天不自覺說出口、帶有刻板印象的話語，竟在這時被反將一軍。

兩人相視而笑，剛剛的低氣壓不知何時已煙消雲散。

三島掏出洗得潔白乾淨的手帕，要交還給若雲，豈料若雲在這時往後退了一步。

「我不收。」

三島困惑地回望著她。

「你要活下來，然後自己親手將手帕還給她！」

看著若雲倔強的表情，三島瞬間理解了她的意思。

他挺起胸膛，對若雲敬了一個禮，就像在回答長官般大聲地說：「遵命！」

此刻，若雲只看見一位身穿族服、腰配番刀、帶著叱咤臺灣山林的驕傲臉龐，燦笑著對她道別。

第六章

昭和十八年（一九四三年）的新春，日本稱之爲「決戰之春」。

以往新年，很多日本人都會回內地省親，但今年臺灣總督府下令，各公家機關嚴禁歸鄉、泡溫泉等任何「享樂」活動，貫徹絕對自肅的戰時生活。

在市役所上班、平常忙得昏天黑地的小宮先生，終於也在一月一日放了一天假，聽說嗜好圍棋的他，迫不及待跑去跟一位叫陳天賜的職業棋士下棋。

難得新年，家裡卻空蕩蕩，於是小宮兄妹便邀請謝兄妹與若雲去他們家一起過年。

「歡迎，請上來。」

小愛一身華麗的振袖和服，笑瞇瞇地在玄關迎接，這景象讓三人直接愣在原地。

正值戰時，到處都在提倡樸素節約，不僅嚴禁燙頭髮和濃妝，連外出服也規定必須穿「戰鬥服」，男生是國防色（灰綠色）的國民服，女生則是方便活動的燈籠褲。

謝兄妹與若雲第一次看到有長長袖子的和服，上面綻放著一團團粉色櫻花，好像甩一甩還會飄出花瓣來。

「啊啦，怎麼了嗎？放心，你們也要穿的喔！」

小愛眼睛閃過狡黠的光芒，不由分說立刻拖著大家進去「整裝」了一番。

和服並不像洋服，若非受過訓練，一般人是很難自己穿好的。小愛一邊幫忙穿衣，一邊咕噥反正是在家裡，至少在新年想穿漂亮的衣服啊，看來她真的是憋很久了。

第一次穿和服的阿田阿蕉很是興奮，兩人穿的是小宮兄妹以前略小尺寸的和服，雖然是舊衣，但在小愛的精心保養下跟全新的幾無二致。

「不好意思吶，是我和哥哥穿過的……」小愛面露歉色。

「沒關係！我才要謝謝妳呢，哈哈！」

「**哇！我變成日本仔了！**」

阿田驕傲地在鏡子前檢視自己變成「日本人」的模樣，阿蕉則是穿好後立刻跌了一跤。和服限縮了固定步幅，不習慣的人一下跨太大步很容易跌倒。

接著小愛幫若雲著裝。呆站著無法亂動，若雲只好環顧起小宮家來。

這是她第一次進到小宮家內部。

淺綠色榻榻米的味道，揉合著小宮家特有的獨特清香，溢滿整間和室。

若雲忍不住嗅了兩下，「好香啊！」

小愛手上動作沒停，一邊忙一邊回道：「嘿嘿，家裡的衣服是我負責的，我都會洗乾淨後，再熏上沉香。」口氣有著一絲得意。

若雲心想果然很講究，點點頭附和道：「難怪進桑身上都有一股香氣。」

她沒注意到小愛努力憋笑的表情，目光瞄到房間另一邊，牆壁一側有個內凹的空間，裡面擺著棕色的檀木神棚，供奉著神宮大麻。

神棚前立了一張黑白相片，相片裡的人相貌與衣著看上去有些眼熟……

「那是母親。」小愛頭也不抬地解答。

難怪若雲覺得在哪裡見過，跟花乃家的花里小姐的確很像，不過那雙跟小愛如出一轍的大眼睛，比花里小姐更多了些可愛俏皮感。

「她身上穿的……」

小愛的聲音略含笑意：「嗯，就是我現在幫妳穿的這件。」

小愛幫若雲穿上的，是一套中紅花底色、綴著點點金箔與刺繡的和服。

在若雲伸手穿過袖口時，絲滑如水般的觸感冷然襲來，令她不自覺屏住氣息，是外行人如她都可以感受到的上品高級。

「這樣好嗎？這太踰矩了……」

「才沒有，小雲超級可愛的！而且妳穿這套，哥哥也會很開心的。」

一時之間，房內只剩衣物摩擦、窸窸窣窣的聲音，從另一個房間微弱傳來阿蕉尖銳的笑聲。

「我對母親完全沒有任何印象。」小愛一邊幫若雲束緊腰帶，一邊說：「母親生我的時候難產，好險有一位叫阿鳳仔的產婆路過幫忙，不然我們兩個都活不了。之後母親一直臥病在床，阿鳳仔還幫忙照顧我和哥哥，雖然我當時太小了，沒有什麼印象，哥哥跟她比較親。」

若雲好像知道了爲什麼進會臺語，還有小宮家對臺灣人異常溫柔的原因。

「從我有記憶以來，家裡就只剩父親跟哥哥了，我一直很希望能有一個姐姐，不然很多事根本不能跟父親和哥哥討論，他們太木頭了！小雲妳就像我的姐姐一樣，如果妳不嫌棄，我希望妳可以穿上這件和服……對了這件可是京友禪和服喔！妳知道……」

若雲看著突然話鋒一轉、興奮地滔滔講起京友禪歷史的小愛，就像姐姐順著妹妹般勾起寵溺的微笑。對身爲獨生女的若雲來說，小愛也是她從來沒有過的珍貴妹妹啊！

＊

當她們換好裝來到主室，穿著一身深縹色素面和服的進正在擺筷子。

桌上已有一席飯菜，雖然簡單，但在目前幾乎所有的食物都已經變成配給制的當下，已經稱得上是相當豐盛。

「咦……這些都是你做的嗎？」若雲驚訝地問。

「是啊。」進回答的同時，抬起頭瞟了若雲一眼，愣住了。

「嘿嘿，哥哥做飯很好吃喔！愛也不會輸的。」

「大家真的好厲害啊！哪像我……」

雖然若雲早就知道，這個時代的人由於受教育的不多，十幾歲、甚至不到十歲便開始工作是常態，連阿蕉這麼小都要幫忙去菜店工作。

相較之下，她比現場的人年紀都大，卻什麼都不會，一股慚愧壓得她默默低下頭。

「妳也很厲害啊！」

沒想到阿田突然出聲。

「妳是我見過第一個敢嗆警察的人，不然根本沒人敢做這種事呢！」

「啊，那只是因為……」自己初來乍到，腦衝的結果。

「小雲還曾經在公車上救了我一命！」小愛滿臉崇拜地說。

「沒有救一命那麼誇張啦……」

「因爲小雲，**我才能去上學！**」阿蕉也跟著附和。

「**我覺得可能不是因爲我……**」若雲去找了阿蕉父親幾次後，阿蕉就開始上學了，雖然若雲覺得只是剛好正值教育政策嚴格執行的時期。

「我還聽小月說，妳用酒瓶把一位無禮客人打得頭破血流！」小愛興奮地尖叫。

「等一下！那我還真的沒做過！」怎麼會傳成那樣的？

「還有潛入市役所、跳高雄川、潛入神社的神殿、潛入遊廓……」

進折著手指、彷彿在細數她的罪狀，令若雲羞愧到抬不起頭，但進卻用寵溺無比的眼神凝視著她。

「真的從來沒見過這麼亂來的人，為什麼妳會這麼特別？」

——那是因為，我是未來人。

被迫自己承認的感覺刺痛了若雲的心。

只是因為孤身一人、沒有包袱，才敢放膽去做這些事而已；只是因為在這個時代，沒有女生敢做這些事，所以顯得她很奇特而已。

她一點也不特別，也沒有大家說的這麼好。

「這些都很普通，大家都會做的……」若雲的聲音細如蚊蚋。

「這一點也不普通。」進用堅定無比的語氣對著她說：「這些真的一點也不普通，所以妳也要更有自信地相信自己，好嗎？」

看著進那彷彿肯定著她的一切的溫柔眼神，一股暖流流遍若雲全身，她眨眨有些泛糊的雙眼，順著進的話點點頭。

＊

午餐後，小宮兄妹教大家玩一些日本新年會玩的小遊戲，像是打板羽球、福笑、手毬、雙六、花牌……整個下午大家玩得不亦樂乎。

不過日本遊戲理所當然的需要日文能力，裡面日文程度最低的阿蕉，在輸了很多次後，賭氣地蹦出一句說：「**嗚嗚，要是金月阿姐在就好了！**」

金月，不知道她現在過得好不好？若雲忍不住在心中描繪起當時的情景。

遊廓事件不久，金月很興奮地說她找到了新的工作——去海南島的駿河屋食堂當女給。

「**海南島？怎麼會一下跑到海外去？而且**女給……」

若雲看著金月興奮的表情，反而擔心了起來。

她原本以爲金月終於可以脫離酒家的陰霾，沒想到是要去海外當女給。她聽九華說有些女給根本是酒家２．０，眞的沒問題嗎？

「**嗯！他們說只是**食堂**的服務生！而且還說這是很偉大的工作，服務在外面保家衛國的軍人，國家會感謝我**。」金月眼睛閃閃發亮。

「**可是海外……這樣妳就會跟他分隔兩地了，沒關係嗎？**」若雲意有所指地問。

只見金月沉默了一會兒，然後抬起頭，強顏歡笑地說：「**就、就算我在這裡也見不到他呀，至少……至少……我不想再當他討厭的人了**。」

然後六月，他們一起去高雄港碼頭爲金月送行，那是與金月的最後一次見面。

從那次之後，金月就彷彿斷了線的風箏，音訊全無。

不管若雲寫多少次信寄去都沒有回音，若雲也只能安慰自己「沒有消息就是好消息」，不敢去想像身在海外戰場前線會碰上多麼可怕的光景，她能做的只有幫好友不斷祈福，僅此而已。

「說到金月，她真的很偉大啊，去戰場前線協助國家。」阿田的話把若雲從思緒中拉回，
「要不是我年齡還不夠，我也想應徵志願兵咧！」
好險你年齡還不夠，若雲心想。
「對了，新年怎麼可以忘了新年新希望呢！大家來說說對未來的抱負吧。我先我先，愛以後想要當老師！」
突然舉起手來的小愛搶著回答。
「為什麼是老師？」
「因為學校的老師問我們說，之後想去戰場當從軍看護婦還是老師？嗯，雖然愛覺得兩個都很好，但看到哥哥在國語講習所上課的模樣，覺得能把知識傳達給別人是一件很棒的事，所以愛也想跟哥哥一樣當老師！」
「我現在已經不是老師啦！」
小愛嘻嘻笑，不理會進的吐嘈。
「我當然就是想要當軍人！那套制服真的是太帥太好看了，走路都有風啊！還可以受女生歡迎，哈哈。」阿田搶著下一個回答。
「**阿蕉想要上學！把日本話學好，還要學習很多新知識！**」
「**妳已經在上學啦！**」阿田輕敲他小妹妹的頭。
大家齊齊看向若雲，若雲支支吾吾地說：「我、我只希望大家能夠平安健康……」

「什麼嘛，妳以爲妳在廟裡拜拜喔！」

面對阿田的吐嘈，若雲只苦笑不語。

最後大家一起把視線投向進，沒想到進卻別過頭去，「我……呃，祕、祕密。」

「什麼，哥哥太狡猾了！」

「難不成是結婚？」阿田擅自猜測，但這話卻令若雲直接一口茶噴了出來。

「哎唷髒鬼！妳反應也太大了吧？只是最近官廳一直大力提倡結婚，鼓勵大家多生囝仔不是嗎？還有開結婚相談所**咧，所以我才隨便猜、隨便問問……哈哈……」**阿田吊兒郎噹地說。

這時代十幾歲就結婚，好像是件稀鬆平常的事？……若雲擦著嘴角，愣愣心想。

之後，謝兄妹被父親叫回家，留下若雲幫忙小宮兄妹整理收拾。當若雲告一個段落，從廚房出來的時候，發現夜幕已然低垂。

她看到進獨自一人坐在主室外的沿廊邊。

在昏暗的主和室中，清亮的月光像聚光燈一樣照在他身上，彷彿全身散發著微微幽光。

若雲不禁看失了神。

進察覺氣息回頭，朝若雲招招手，若雲這才回神，嚥了嚥口水，緩步過去在進的旁邊坐下。

一抬頭是滿天的星幕，好似要將兩人包圍，四周除了細小的蟲唧聲之外，十分幽靜，跟現代喧鬧刺目的夜生活相比，恍如隔世。

明明是進叫她過來的，但本人卻望著夜空不發一語，若雲耐不住尷尬，只好順著進的視線笨拙地找話題。

「呃……月亮，很漂亮呢。」

若雲的話在冬夜清冷的空氣中凝結成煙，在瞬間消散的白霧中，她看到進微微睜大的雙眼。

「嗯，月亮很漂亮。」進輕聲說，黑眸如水波般溫柔地流淌了過來，令若雲的心漏跳了一拍。

不知道爲什麼，聽到這句明明是再普通不過的附和，她卻感覺內心有點癢癢的，臉也開始發燙。

好像……有點奇怪？

若有似無的違和感，令若雲說不上來，她還聞到一股甘甜的香氣瀰漫在四周，不知道是不是她的錯覺？

若雲再度抬眼，讓自己視線投向高掛夜空的月亮，想到這顆月亮跟現代的也是同一顆、亙古不變地連接著日治時代跟未來，就像知道她祕密的共犯一樣。

思及此，她突然有股衝動，想要對進全盤傾訴，她的過去、她的家庭、她穿越的祕密、還有她對他還未明瞭的心情……

「你知道嗎?未來有一天,人類會到月亮上去喔。」
但她最後還是只說了這句看似小孩子般天馬行空的話語。
「真的嗎?那跟輝夜姬一樣了呢。」
而若雲最喜歡進的一點,就是他不管對誰,永遠都是那麼的真誠。
良久,進悠悠地開口了。
「其實……我未來想要當醫生。」
若雲靜靜地凝視著進的側臉。
「從小時候我就一直在想,要是我是醫生,我就可以醫好我母親的病,她就不會受到這麼多痛苦,也不會死了。」
進的目光遙遠地直視前方,好像那邊有張病床,上面躺著一位臉色蒼白如紙的女人,虛弱又慈愛地撫摸著趴在病床旁的小男孩。
「如果要當醫生的話,畢業後就要繼續升學,我想去三高。」
「三高?」
「嗯,第三高等學校,高等學校是中學畢業後讀的。」
所以是類似我們的高中吧?雖然這時代的中學(國中)要讀五年,若雲心想。
「幾年前有一位很優秀的彭先輩,他從我們學校退學考上三高,我覺得很厲害……哎,我要說的不是這個……」進搔搔頭,難得欲言又止,「是因為三高在京都……那是我母親的故鄉。」

若雲想起之前一起逛吉井百貨時，進翻閱著京都旅行手冊的光景，問道：「你從沒去過京都嗎？」

「嗯，我是在臺灣出生長大的，父親工作也很忙，母親過世後就不曾回去過了。」

「那就去吧，我支持你。」

「不過高等學校很難考，很多優秀的先輩都重考好多年。」

「你這個全校第一名在說什麼啊，你一定沒問題的！」

看著進顯露出難得的弱氣與猶豫，若雲再加把勁鼓勵。

「這一點也不困難，所以你也要更有自信地相信自己，好嗎？」

進聽到剛剛他對若雲說的話，現在卻被她反用在自己身上，嘴角不禁上揚，但隨後又嘆了口氣說：

「嗯，不過……京都是在內地啊！」

「是啊……」

「雖然京都也有『高雄』，但跟這裡的『高雄』完全不一樣啊。」

「是啊……」

「京都離臺灣好遠啊。」

「是啊……」

若雲抬眼，冷不防迎上一雙眼底盡是寂寞的黑眸。

啊……進若去內地讀三高，兩人就分隔兩地了。

這才意會過來的若雲，一陣酸楚侵上鼻子，某種感情澎湃到心臟好像要漲裂開來，但這感覺對若雲來說太過陌生，她完全不知道該怎麼辦，只倉皇地迎接進那炙熱的視線。

「愛今天給妳穿的這件和服，很適合妳。」

若雲發現進不知何時拉近了與她的距離，左手已然撐在她身子旁的地板上，像是要把她包圍住般緊緊鎖著她，她的心跳開始狂亂加速。

「謝、謝謝……聽說是令堂的……」

兩人間的距離已經近到，若雲能清楚看見進那又密又長的眼睫毛，還有倒映著自己的深邃瞳孔。

「嗯……很漂亮、很可愛……」

進的嗓音軟得融進月色裡，近在咫尺的呼吸，帶著淡淡的、屬於進的獨特氣味，若有若無地輕拂著她的臉頰。

時間靜止在這一瞬間，只餘下一抹散開在口中那陌生的甘甜，久久不散。

＊

今天，是進要去日本內地考三高的日子。

不像現代，要去日本只要當天坐個飛機，幾小時就到，在日治時代，雖然也有飛機，但價格極爲昂貴，搭乘的人也十分稀少。臺灣要去日本內地，大部分還是搭船居多，而且單程至少要花上三天以上的時間。

從高雄出發的話，更多是先搭火車搖過整個臺灣到基隆，再從基隆出海。

這天，若雲跟著小宮家一起去高雄車站爲進送行。

上次跟阿蕉還有金月來的時候，只在外面遠處觀望，這次是若雲第一次進到車站裡面，跟現代相比也毫不遜色的精美內裝，很難想像竟是日治時代的產物。

當他們托運完行李、要進入候車室時，若雲發現竟連候車室也有分等級。

她看著大部分的臺灣人進入左手邊的三等候車室，而小宮一家理所當然地進入右邊的一二等候車室時，感到些許彆扭。

離出發還有一段時間，不知道是否有意，才剛坐下沒多久，小愛便拖著小宮先生說要去外面的賣店晃晃，留下若雲與進兩人獨處。

「啊那、那個，雖然已經說過很多次了，但上次那個，真的、很抱歉……」

「沒關係……」

上次新年，在小宮家，進吻了若雲。

當時若雲全身僵直、腦袋一片空白，下一秒進便倒在她的身上，輕微規律的呼吸聲傳入耳裡——他睡著了。
隨後小愛來到現場，才發現一旁擱著本該是裝甘酒的瓶子，裡面卻不小心混到了小宮先生平常小酌的高砂啤酒。
隔天，進立刻登門致歉。
「對不起！我竟然對雲桑做了這麼過分的事，真的很抱歉！」
「沒關係啦……」
看著進這麼愧疚的模樣，若雲心裡反倒複雜起來，「那個，你還記得當時的情況嗎？」
進的臉瞬間泛紅，輕輕地點了點頭，若雲鬆了一口氣。
「我不討厭，所以，沒關係的……」
若雲抬起頭，直直地望著進，「進桑呢？會……討厭嗎？」
「怎麼可能會討厭！不如說是喜——」
「喜……？」
進臉紅得好像要哭了，若雲只好趕忙下結論：「總、總之，就、就這樣吧！」
於是兩人默認了這個偶發事件。
「啊……真不希望第一次是在酒醉意外下發生的，我真差勁……」
進大概沒意識到自己的自言自語有點大聲，若雲聽進耳裡，臉又燒了起來。

自從那一吻，若雲幾乎是確認了自己的感情。

以往對這種感情總是消極甚至逃避的她，想起了九華在遊廓裡曾對她說過的話，加上即使她多麼不想陷下去，人心終究無法控制。

以前見不到進的日子稀鬆平常，現在一見不到面，腦袋總是無法克制地想著他。

若雲只要一想到至少一個月的時間見不到他，寂寞便漲著她的心隱隱發痛。

即使多一秒也好，想多跟他在一起……

「我、我也搭車吧！」若雲忽地站了起來。

「咦？」

「我在這裡也沒……呃不、我也沒搭過火車呢！趁這機會剛好，我陪你搭一小段吧。」

「啊，雲桑，等一下！」

進慌忙抓住若雲的手，手掌傳來的溫度令若雲羞紅了臉，進也一樣，但他卻沒有放開。

「那我、我陪妳一起去買票吧。」

「嗯……」

兩人一起買了到臺南的三等車票。

小愛跟小宮先生回來，知道若雲要陪進搭一段車時，小愛露出一臉計畫成功的表情，吃吃竊笑著。

他們穿過地下道，踏上高掛著「高雄たかを」牌子的火車月臺。

在鑽進火車前，小宮先生特別把若雲叫到一旁，小聲地說：

「不好意思這麼麻煩妳，謝謝妳一直這麼照顧進跟愛。我工作忙，不能時常陪在他們身邊，雖然他們都很獨立，但我一直很怕帶給他們寂寞或不好的回憶，多虧有妳……」

若雲感覺得出，眼前這位單親爸爸，平時一邊辛苦地工作，一邊害怕無法陪孩子快樂成長的那份力不從心與無奈。

「沒有沒有，我才是一直受到進桑跟小愛的照顧，能跟他們成為朋友是我這輩子最大的幸運，今後也希望你們多多指教。」

看著若雲堅定的表情，小宮先生面露欣慰，伸出手，「我們才是，今後還請妳多多指教，多謝。」

彷彿得到了可以繼續跟小宮兄妹親密來往的許可，若雲喜不自勝，重重地跟小宮先生握了手。

小愛和小宮先生站在月臺上揮手道別，在噗——噗——的鳴笛聲中，噴著蒸氣的火車緩緩駛離了高雄車站。

「剛剛我父親跟妳說了什麼？」坐在若雲對面的進，看上去有些坐立難安。

「他叫我之後也要跟進桑好好相處。」

「不用他說，我也是這麼打算的。」

看著若雲雙手掩住了臉，進才意識到她是開玩笑故意漏了小愛，趕忙說：「喔不是……！我是說……今後我也會跟愛一起！跟愛一起與雲桑好好相處！絕對不是只有我想跟妳兩個人……所以說……！」

慌張之中拔高的音量，令兩人瞬間成爲車廂內的焦點，溫度好像一時上升了好幾度，進閉上嘴巴，裝作若無其事般拿下帽子開始搧風。

若雲同樣羞得不敢看進的臉。

爲了驅散車廂內酸甜又悶熱的空氣，她伸手打開車窗。

「啊，雲桑，等——」

進的喊聲才到一半，一堆黑煙猛然從大開的窗戶竄進車廂內，嚇得若雲趕緊再把窗戶大力關上。

「咳咳……為什麼、咳……」

天啊！爲什麼會有黑煙？是哪裡失火了嗎？對現代人來說這太無法理解了。

「這段路不能開窗，不然火車的蒸氣會跑進來，不過……噗！」

進噗哧一聲，隨即意識到自己這樣好像很失禮，連忙掩住口。

若雲這才發現自己竟被煤炭弄得一身灰頭土臉，而進也是，但他卻沒有發現。

「進桑你也……哈哈哈！」

若雲毫不避諱地指著進哈哈大笑，進低頭看看自己的衣服，再摸摸自己的臉，終於忍不住，跟若雲兩人一起笑成一團。

高雄到臺南的距離，說遠不遠、說近不近，彷彿一眨眼就到了。

若雲即將下車之際，兩人依依不捨地道別。

「考試加油，不管怎樣我都會支持你的。」

「謝謝。」

「旅途平安……有空請寄信給我。」

「嗯，一定。」

進沉浸在兩人世界中，所以他自始至終都沒有發現，跟他同班的莊炳輝一直跟他們坐在同一個車廂裡。

此時此刻，正充滿忌妒地怒視著他。

＊

當莊炳輝趕回家裡時，只見阿母跟幾位面無表情的警察，圍繞在正廳的佛堂前。阿母一臉驚嚇、好像隨時都會暈厥過去。

「那麼，正如剛剛所說，府上的莊榮原先生，因心臟麻痺而死亡，現在要帶你們去看遺體，然後火化。」

心臟麻痺？他可完全不知道阿爸到底做了什麼事會被抓走？毫無音訊幾個月後，現在回來的是一具冰冷的遺體？

警察機械似的聲音讓莊炳輝感到不快，另一個警察甚至皺起眉頭，直盯著他們家的佛堂看。

莊忍住上前的衝動，指甲深深陷進拳頭裡。

在「大人」面前，他們什麼也不能做，不然難保自己是下一具遺體。

他們在眾多警官嚴密陪同下看了遺體，如果沒有警察的指認，他們大概認不出眼前的是自己的家人：臉被打到歪曲變形、腳因細菌化膿嚴重腫脹如象腿，其中一隻腳還因化膿腐敗被切除了一大塊，全身上下盡是五顏六色的烏青及血跡。

心臟麻痺？平常一副自詡文明國、道貌岸然的模樣，說起謊也是面不改色啊！

莊用力咬著下唇，嘴裡滲入絲絲鐵味。

要推進火爐前，莊炳輝對著父親的遺體，雙手合十低聲說了一句：

「**這個仇我一定會替你報的，你安心成佛吧！**」

火葬場吹過一陣陰風，令在場的警察們都打了個哆嗦。

＊

一九四三年三月十九日，來往於臺灣與日本之間最快、最高級的郵輪高千穗丸，從日本返回臺灣的路上，被美軍魚雷擊沈，但直到三月二十五日，報紙才刊登了這個消息。
戰爭至此，已經連最高級的內臺航線都不再安全，隨時有被擊沉的可能。
看到這則消息的若雲心急如焚，算算時間，若順利的話，進應該是已經抵達日本內地了，但一直沒有消息。
想想現代只要手機一撥、訊息一發就可以立刻連絡上本人，在這個時代隨便都要等上好幾週，眞的是太不方便了。
好在，三月底，若雲終於收到了進的聯絡，是一張金閣寺的風景明信片，上面寫著：

> 考完試了。金閣寺很美。很快就回去。
>
> 小宮進
>
> 昭和十八年三月二十二日

若雲莞爾，怎麼連寫信也惜字如金的。
她一直覺得進的手寫字，像小孩子般方正工整，非常易讀，不知道是否爲國語講習所授課時，寫板書所練成的習慣？
終於放下心中大石頭，若雲迫不及待，把滿載著她的思念的信，投進湊町郵便局外的藍色航空郵筒裡，引頸期盼進回臺的那一天。

＊

這天，莊炳輝遠遠看到那女孩的身影。

他記得那張臉，是之前在火車上跟小宮坐在一起的女孩，小宮的女朋友。

一開始只是小小的嫉妒情緒，但在這段時間無處發洩的壓力催化下，此刻迅速轉化成一股強大的報復心態。

當他回過神來，發現自己已經尾隨著女孩，進到人聲鼎沸的市場裡，甚至已在內心擬好了一個他認爲小小的、無傷大雅的惡作劇。

他在那女孩買好雞蛋的那一瞬間，快步走過去，猛力撞了她的肩膀。

女孩手上的雞蛋應聲掉在地上，碎成一灘金黃汁液，她也重心不穩地跌倒在地。

直到這邊都如他所預期。

莊只是想讓女孩失掉一天的民生物資，僅此而已。

一天沒雞蛋吃沒什麼大不了的吧，小宮的女朋友看上去就出身良好，每天都有源源不絕的物資可以吃吧。

哪像他們家，可是已經吃臭掉的番薯籤吃了好幾個禮拜。

莊的內心滿溢著報復成功的快感，完全沒有料到，接下來事情的發展，會遠遠超出他的想像。

＊

戰時下物資缺乏，肉類、砂糖、蛋等基本民生物資，幾乎已由政府壟斷收購，統一配給給人民，家家戶戶須持一本「特配物資購買帳」才可至市場採買。購買帳分有藍色、白色、紅色，依「階級」的不同，配有不同的物資多寡，日本人最高級、接著是國語家庭、再來才是一般本島人。

其中，魚類跟雞蛋從今年三月開始，改由皇民奉公會高雄市支會發放「購買券」，每天確定市場所進的物資數量後，才由皇民奉公班發給各家庭數量限定的購買券，擁有購買券的人才能前往市場採買。

這天，若雲捧著珍貴的購買券，受王家之託去市場採買物資。

正當她買完雞蛋時，突然被人從後面狠狠地撞了一下，雞蛋掉到地上應聲破裂，她整個人也跌倒在地。

這都不打緊，只是此時趴在地上的若雲，感覺到手上有股熟悉的觸感，喚醒了她內心最深處的恐懼——

幼稚園時，大家集中在一個大通鋪睡午覺。

午覺睡醒要自己摺棉被，小若雲睜著睡眼惺忪的雙眼，棉被正摺到一半的手平舉在空中時，突然一個巨大的黑色生物從她的右手臂猛然竄出，從肩膀到手背那萬足鑽動的搔癢觸感，停在手背上搖著長長鬍鬚的漆黑生物，人們稱之爲「蟑螂」。

當時的小若雲嚇得腦袋一片空白，幾乎是憑藉著本能般，用著幾要把骨頭都揮斷的力道，才把那生物甩飛。

這造成了若雲人生中第一個心靈創傷。

從此以後，若雲就對該生物完全束手無策。

她相信，就像有些人的基因會對香菜起噁心反應一樣，她應該也有害怕蟑螂的基因，而這是深深刻在骨子裡、無法違抗的生理反應，無論她嘗試多少次，一直無法克服。

穿越到了衛生相對較差的日治時代，若雲原本以爲自己對蟑螂的恐懼已經減輕不少，但此時此刻與小時候相似的際遇，喚醒了壓抑許久的惡夢、內心最深沉的恐懼。

她瞬間失去理智，放聲尖叫了起來。

「啊啊啊啊啊啊啊啊！有蟑螂！不要！救命啊啊啊啊啊啊！」

若雲迅速跳起，像瘋子一樣大力地揮舞著雙手，同時瘋狂地扭動全身。

那生物立刻被她甩飛，但若雲無法停止渾身激烈的顫抖，淚水滾滾落下。

待她稍微冷靜下來的時候，才察覺四周的氣氛有些異樣，許多人盯著她開始交頭接耳，當然也包括那位撞她的罪魁禍首。

莊炳輝呆若木雞地站在不遠處，看著若雲拿起沾滿蛋液的提袋、淚眼迷離地離去，心中生起了微小的罪惡感。

她怎麼突然發瘋……不對——

她剛剛說的，是什麼語言？

此時趕著回家的若雲，當然沒有注意到，市場一隅閃過鬼鬼祟祟、一瘦一胖的身影。

她滿腦子只想趕快回家瘋狂洗手，還有損失了珍貴的配給物資，又要花好幾倍的錢去「壓米」[25]重新採買的悔恨心情。

＊

隨著時間推進，戰爭的跫音在臺灣人的生活中隨處響起，已經到了任何人都無法忽視的地步。

以往在報紙或廣播裡聽到的戰場消息，已無法當作事不關己，因爲也許幾天前，你才剛在家門口揮舞著日章旗高喊萬歲，送自己的長兄、或隔壁從小一起玩的大哥哥出征；也許配給的物資越來越少，餐桌上的食物少得你三兩下就吃完，還覺得飢腸轆轆；也許你無法暢所欲言，明明是成年人了，卻像嬰兒般拼湊著僅會的「國語」單字，跟人笨拙地溝通，內心的苦悶怎樣也說不清。

在如此氛圍下，小宮進平安返臺，並帶來了意料之外的消息：三高落榜了。

25　「闇」（やみ）的日語發音，意爲黑市。

若雲難掩震驚，反而進本人一派輕鬆，還反過來安慰若雲。

「我本來就不想四修[26]，明年再考也可以。」

進這麼優秀，怎麼可能落榜……難道是故意的？心中閃過一秒如此自以爲是的想法，若雲羞恥地低下頭。落榜以及可以跟進再相處一年的事實，悲喜交加地盤踞在若雲心中。

另一件壞消息是，不只陸軍志願兵，連被稱爲軍中菁英的海軍，在戰況吃緊的情況下，也不得不開放了本島人的海軍志願兵申請，且年齡調降許多，來到只要滿十六歲卽可報名。

十六歲，這是個在現代才剛上高中一年級、正要享受人生中最青春美好歲月的年齡，在這裡卻要上戰場，擊滅「鬼畜米英」，這事實令若雲感到戰慄不已。

更可怕的是，身旁正好有人躍躍欲試的時候。

「嘿！你們看，我寫了血書！」

就像完成一份家庭作業般稀鬆平常的口氣，阿田用他纏滿繃帶的手，顫抖地舉起一張寫著「一死奉公」的紙，暗紅的血跡刺痛著若雲的雙眼。

「海軍要下水游泳吧，你不怕被水鬼抓走嗎？」若雲故意挫他的銳氣。

「喂，妳怎麼跟我阿爸講一樣的話。」阿田縮了縮身子，**「那、那些都是迷信啦！文明人才、才不相信迷信，而且爲了香蘭，我一定要應徵！」**

26　一般中學校生考高等學校的流程是，在中學五年級畢業的三月應考，四月入學。而少數成績優秀、品行良好的學生，可提前一年於四升五年級的春假應考，簡稱四修，卽所謂的跳級。

「**不要講得好像你跟人家很熟一樣好嗎！**」

李香蘭是阿田的偶像，尤其她主演的《莎勇之鐘》在全臺大肆巡演後，不知道迷惑了多少像阿田一般的純眞少年，前仆後繼搶著當「若櫻」，刺激著他們的帝國之血沸騰得更厲害，怎樣勸也勸不聽，若雲也只能暗自希望他落榜。

來自未來的若雲也知道，曾幾何時，回現代的念頭幾近消散，她現在只希望能盡自己的棉薄之力，讓身旁的人都能平安活到最後。

但憑她一個人到底能做什麼？她在無數個夜晚捫心自問，卻始終沒有答案，只能秉持著九華給她的教誨：做好自己能力所及、認爲對的事就好，剩下的就只能交給命運了。

只是，隨著日本戰敗的時序越來越接近，日本官方的動作似乎也越來越瘋狂。

若雲最近一直覺得背後有股視線。

一天傍晚，寬廣的天空出現大片火燒雲，鮮豔得彷彿地獄業火，暗示著不祥之兆。

若雲心慌地走在回哈瑪星的路上。

剛結束了一個比較遠的工作，一心只想趕快回哈瑪星的她，抄了一條人煙稀少的捷徑。

但直到她走到一半時，才發現她這個決定是大錯特錯。

若雲感覺到背後有窸窣的腳步聲，但她一回頭卻又什麼都沒有。明明是初夏，現場氣溫卻如寒冬，詭異得令她背脊發涼。

她開始回想自己最近做了什麼？跟蹤她的人可能會是誰？但完全沒有頭緒。

背後那未知的恐懼、惡意的視線，一直灼燒著若雲的後背，彷彿要把她燒穿。若雲手心冒汗，思緒開始不穩地奔騰，腦中不受控地描繪著各種可怕的場景。

喵！一隻貓猛然從一旁的草叢竄出，把若雲嚇得魂飛魄散。就在她被恐懼逼得瀕臨崩潰時——

「雲桑？」

一道溫厚的嗓音傳來，進從前方迎面走來，彷彿炙熱的火焰瞬間驅散了凍人的寒氣。若雲就像在海上抓到救命浮木一般，拖著顫抖的雙腿，倒向進的胸前。

「進桑……對、對不起……我、我可以握著你的手嗎？」

進立刻握住了她的手，厚繭的刺癢感，隨著進的高體溫一同傳來，若雲的心跳終於漸漸恢復平穩。

但無論進如何詢問若雲發生了什麼事，她始終緊閉嘴巴，不肯回答。

若雲知道，一個穿越者能到現在還安然活在這個時代已是奇蹟，有太多太多事可能導致她被盯上，她不想把進拖下水。

雖然沒有證據，但若雲隱隱覺得她的「期限」，即將跟著戰爭一起白熱化了。

第七章

人類的大腦，安裝著「慣性」與「追求安逸」的本能，即使心底清楚知道，人生每分每秒無法預料，卻還是習慣把「明天」當成理所當然會到來的一天。

就像若雲一樣，毫無任何徵兆、毫無任何預警，一如往常她在工作的路上，卻不平凡地出現兩個身影，倏然擋住她的去路。

「午安，還記得我吧？」

松村假惺惺地咧開嘴，嘴邊的肥肉跟著一晃一晃，一旁的吳兩則抱著細如竹竿的身體睥睨。

若雲當然不會忘記，是她在第一份工作時遇到的無賴警察。

「請問大人們有什麼事嗎？」

若雲承認，當時初來乍到是有些太衝動，現在的她已能堆出假笑虛與委蛇。

「有人舉報妳是間諜，麻煩跟我們到署裡一趟。」

這句話直接抽空了若雲的身體。

間諜，多麼嚴重的指控，若她真的被如此定罪，下場之悽慘是不敢想像的，而擅長無中生有的這兩位無賴警察，一定也不會聽她解釋。

她強壓恐懼，穩住語氣說：

「我聽不懂您在說什麼，有證據嗎？」

「人證可是一大堆啊！加上我們兩個也是人證之一呢！」

吳兩那得意的笑容，令若雲渾身發寒，僵在原地無法動彈。兩警察見她不走，伸手就要拉她，若雲立刻大動作地閃掉。

「不要敬酒不吃吃罰酒，妳是要走還不走？」

明顯透出的怒意，讓若雲知道已該妥協，她亦步亦趨地跟在他們身後，同時腦袋裡千頭萬緒。

這麼久以來，她的確做了許多荒唐事，但現在才被抓也太奇怪了？去到警察署她會被怎麼樣？她是否應該要趕快連絡王家或九華？

但她立刻就絕望地發現，在這個沒有手機的時代，要即時發送出訊息，是不可能的事。

此刻她只能拖著顫抖的雙腳，穿過圓形拱門、踏入了外觀美麗雄偉，殊不知裡面葬送多少冤魂的高雄警察署——而王家甚至不過就在四百公尺外。

進入警察署後，她立刻被帶到偵訊室去。

當她看到偵訊她的人時，愕然地瞪大雙眼。

那是她絕對不會忘記的人——渡邊雪松，此時一臉滿意地瞅著她。

「好久不見，上次這樣面對面說話，好像很久以前了，對吧？」

渡邊瞇起眼，像是在回想什麼般。

上次他們面對面見面，若雲才剛穿越過來，因不會「國語」而冒犯了他，這亦是讓她下定決心學好日語、在這時代活下去的最大原因。

「妳知道妳為什麼會在這嗎？」

「……」

「有人舉報妳是間諜呢，妳有任何頭緒嗎？」

「……」

「別以為自己是女孩子就不可能被懷疑是間諜，知道川島芳子嗎？嗯？」

「……」

砰！的一聲巨響，渡邊一掌拍在桌上，嚇得若雲身子一抖。

「這麼久了一點長進也沒有，還是這麼沒禮貌啊，是不是？」

若雲不是故意不講話，而是在這兩坪大、陰暗的偵訊室裡被三位警察包圍，她在用僅存的勇氣努力思考什麼可以講、什麼不能講。

畢竟她的存在，在這時代本身就是個錯誤，隨意開口只會惹得更多罪狀發生。

「還是不會國語？」

「渡邊警部，她會說國語的。」松村在一旁提點。

「不然先報上妳的名字和住所來聽聽吧？」

面對渡邊顯而易見的鄙視，若雲手指抽動了一下，低聲說：「尹若雲，住哈瑪星。」

「哈，這什麼臺灣國語！」那如出一轍的臺詞與口氣，若雲幾乎確定了——渡邊雪松與渡邊雪夫——眞是有其父必有其子。

「看來妳是支那語更為拿手，沒錯吧？」

若雲倒抽了一口氣，腦海中閃過夕陽餘暉下九華那嚴肅的臉。

——妳可以講臺語跟日語，但千萬不能隨便講「國語」，不然可能會有危險。

「有人舉報妳在市場大喊支那語，請問妳為什麼會支那語？」

若雲終於回想起那狼狽不堪的一天，當時的她被恐懼全然支配，完全沒有印象自己說了什麼，原來不小心脫口而出「國語」了嗎……一直以來她謹遵九華教誨，多麼小心翼翼，結果所有心血毀於一個該死的、可笑的理由，忍不住悔恨地握緊拳頭。

「甚至不只一人目擊，妳身後那兩位警察也在現場親耳所聞。」

「那、那是……」

「的確，為了大東亞共榮圈，坊間也設立了幾間支那語補習班，但我們查過了，妳從未在那上過課，妳年紀輕輕的一個女孩子家，卻會講支那語，這實在很可疑啊。」

「……」

「說！妳是不是支那派來的間諜？」

「不是！」

「也是，若妳會承認，就不用帶妳來這裡了。」

渡邊意有所指地冷笑，同時，若雲聽到外邊傳來一聲綿長淒厲的尖叫。一瞬間，她甚至沒有意識到這是人類發出的聲音，彷彿不屬於這世上任何一個生物、而是從地獄深處傳來……她無法控制地大力顫抖了起來。

「這裡是最居中的偵訊室，可以聽到來自四面八方傳來的聲音，讓我們的偵訊過程更加順利一點。」

看著若雲驚慌失措的反應，渡邊十分滿意地勾起嘴角。

「他、他、他們……犯了什麼……罪？」

顫抖不受控地溢出嘴角，若雲深怕自己也會遭到相同待遇。

「嗯，各式各樣呢，雖然還沒有找到證據，不過我們會讓他們招——」

「沒有……證據？」

若雲不可置信的表情觸犯了渡邊，就如第一次一樣，若雲下意識的反應總是能觸到渡邊的逆鱗。

「妳現在是在質疑我大日本的特高警察嗎？」

渡邊的咆哮彷彿要震碎若雲的耳膜，直撲而來的怒氣逼得若雲眼前一糊，但她努力憋住，她不想在他們面前示弱。

「這樣吧，妳想知道他們犯什麼罪對吧？我直接帶妳去看吧！」

像是在計劃著什麼，渡邊倏然站起身，笑咪咪地打開偵訊室的門，邀請若雲跟著他走。

走在陰森的走廊上，若雲可以聽到兩旁一道道偵訊室的門內，傳來各種聲音：尖叫、哀嚎、怒罵、譏笑、哭嚎、毆打、重物落下、碎裂、狗吠、撞牆、鞭打的聲音……混和著血腥、腐爛、嘔吐、尿騷、糞便的臭味。

她失神地捏了把自己的大腿，確認這不是在拍電影抑或是作夢。這裡眞的是在高雄警察署內嗎？不是在刑場或是人間煉獄嗎？

若雲臉色蒼白如紙，跟著渡邊在一扇門前停了下來。

「喔，仲井長官也在，正好正好。」

渡邊一邊自言自語，一邊伸手敲敲門，裡面應了一聲，渡邊便打開門，假惺惺地示意若雲先進去：「請。」

若雲裹足不前，下一秒便被身後的兩位警察給推了進去，她一個腳軟，整個人跪倒在地，抬頭看到一位只穿著內褲、全身紅紫爛班的人，跪在一片狀如飛機的木板上，旁邊站著她曾在遊廓內驚鴻一瞥的「仲井長官」。

「喔，渡邊，辛苦啦。她就是你說的那個？」

仲井輕鬆愉快的口氣，彷彿此刻正在愜意地喝下午茶。

聽到聲音，那位跪在地上的人抬起頭，驚訝地瞪大他那發腫的雙眼。

「居然連女孩子都抓！你們自詡文明國，為何所做所為如此野蠻？」

仲井把注意力轉回那人身上，笑著說：「吳海水醫師啊、先生啊！您貴為高知識分子，怎麼就不懂呢？我們是文明國，但你們不是啊！你們是反日者，是欲投靠支那的臺獨份子，讓你們多吃一點苦是應該的。你若不服，等你們反抗成功，臺灣回到『蔣大人』那去的時候，你就照我對你做的凌遲我啊！但這樣的妄想，恐怕海枯石爛也無法實現呢！」

說完，仲井狂妄地大笑起來。

此時若雲多想放聲大喊：再過兩年，那個日子就會到來了！你們這群白痴！

「區區罪人，竟對仲井長官如此無禮！」

一旁的渡邊不滿，拿起牛鞭就要抽打，仲井警官趕緊說：「慢著，小心他咬舌自盡就不好了。」

「沒有牙齒，就不會咬啦。」

渡邊嘻嘻笑，拿起鉗子撬開那人的嘴巴，硬生生地拔掉門牙。

淒厲的哀叫毫不留情地穿進若雲的耳中，眼前的畫面太過衝擊，若雲再也忍不住，撲簌簌地流下眼淚，嗚咽著：「不要……住手……」

豈料，渡邊見狀更加得意。

「哈哈，看來很有效果啊！告訴你們，要不是臺灣物產豐饒，又是大東亞共榮圈的重要據點，誰稀罕跟你們這些土人為伍？我們只要資源，讓你們受教育學點國語是為了做事方便，你們這些支那根性的東西，還以為真能高攀大日本帝國當皇民啊？認清自己的身分！

不要一天到晚想反抗，乖乖在我們底下當個聽話的奴隸，就不會受到此等待遇啦！哈哈哈！」

叩叩——此時，敲門聲突兀地響起。

渡邊停下動作，全室的人目光一致射向門邊。

只見一位小巡查慌慌張張地探頭說：「打擾各位長官十分抱歉，有人來接她了……」

在場只有一位女性，很明顯指的是若雲。

仲井疑惑地皺起眉頭。

「接她？我們什麼都還沒問到呢。」

「是、是上頭的指示。」

「！？」

絕對嚴從上下階級關係的體制，令在場的警察敢怒不敢言，只得怒視著若雲離開。

若雲精神受到重創，彷彿失去靈魂的空殼。等在警察署前廳一抹熟悉的身影，見她腳步踉蹌、眼看就要暈倒，趕緊上前撐住她的雙臂。

觸到溫暖的體溫，若雲這才從冰冷的地獄深處回神，瞪大雙眼望著接住她的小宮進。

進小心翼翼地扶著她走出警察署大門。

一股濕潤的泥土雨味竄進鼻腔，若雲被摧殘的感官恢復泰半，終於顫聲開口：「為……什、麼？」

「是人力車的王桑。」進心急地掃視著若雲，好像在確認她身上有無任何傷口，「王桑在警察署外招客，正巧看到妳進去，說是等了很久還不見妳出來，有不好的預感，於是跑來我們家通報。」

一陣白光大閃，把灰濛濛的天空照得有如白晝，若雲抓緊了進的手。

「但……」

「剛好今天——」

轟隆！天空打了一記響雷。

「——剛好今天比較早放學，我立刻去找王定彥桑和神先生。」看到若雲臉上的淚痕，進心疼地蹙起眉頭，「他們應該有做了些什麼，但礙於身分不能親自來接妳，所以由我——啊，抱歉，出來時太匆忙了，只抓了一把傘……那個，如果妳不介意的話……」

雨點滴滴答答地落下，沒注意到若雲的異樣，進害羞地逕自撐起傘。

但若雲內心隱忍多年的一切，在這時猛然爆發。

「夠了……已經受夠了！」

聽出若雲語氣的不穩，進疑惑地望著她。

「身分什麼的……」

什麼叫認清自己的身分？我的身分是什麼？臺灣人的身分又是什麼？

爲什麼我們就得遭受這種對待？爲什麼我們就得遭受這種屈辱？

「我只是、只是……」

想當個能活得平等自由的臺灣人而已啊！我只是希望身邊的人都能平安幸福而已啊！

不遠處，斷斷續續傳來擴音器的聲音。

——從軍去吧！為國家光榮地奉獻！

——報名海軍志願兵，就是現在！

若雲沉下臉，一開口，便再也無法停止。

「進桑，你不會去當兵的吧？」

轟隆！震耳欲聾的雷聲撼動著四肢百骸，猛烈的水氣襲來，伴隨著滂沱大雨如瀑布般直洩而下。

「抱歉，我沒聽清——」

「不要去！」她激動地抓住進的身體，「去了也沒用的！反正會輸！」

「妳說什……」

「不要去！我不想要你死！拜託！」

「雲桑妳只是受到驚嚇，我們趕快回——」

「我是從未來來的。」

剎那間，一切寂靜無聲，世界彷彿靜止了片刻。

「妳說……什麼？」

「我是從未來來的——這場戰爭日本會輸……日本會在一九四五年八月十五日宣布投降。」

淚水無聲滑落，心臟劇烈地衝撞著若雲的胸口，她幾乎是倉皇地低下頭，不敢看進的表情。

淅瀝瀝的雨聲大作，一切盡被吞噬成一片白茫世界，彷彿只剩兩人鮮明地存在這狹窄的傘內。

感覺就像過了一世紀的時間……然後，慢慢映入若雲眼簾的，是進靜靜遞來的傘柄。

她立刻抬頭，看到進轉身就要走出傘外。

「你、你不相信我嗎？啊……不、不要走！」

彷彿用盡了一生的力氣擠出來的挽留，輕易地消散在雨聲中。

白色雨幕掩蓋了進的表情，只見漫天大雨中的他微微側過臉，蠕動著嘴唇，好像說了一句話——但瀟淅雨聲太大，若雲聽不清楚。

隨後，進頭也不回地離去。

寒氣沁入骨髓，冰冷從指尖向全身蔓延。

若雲的世界再度沒入無邊寂靜，只清晰聽到了自己內心破碎的聲音。

＊

這場豪雨狂下了三天三夜，各地到處都傳出家屋浸水的災情，青年團和奉公班救災忙得人仰馬翻。

才告一段落，緊接而來難得一見的強烈颱風，電線桿倒塌、停電、電話不通、被吹落的招牌成堆在街上、高雄港邊的巨浪不停拍打上岸，窗外鬼哭神號，彷彿世界末日……就如若雲的心一般。

那天，若雲不知道自己是怎麼回到家的，感覺靈魂已然抽離了身體，全身像被扔進冰湖裡，不斷下沉、下沉……

若雲生了場大病，連日高燒不退。

在她終日臥床的那幾天，依稀感覺到九華來過一次。

在朦朧的意識中，她艱難地半睜開眼，看到床邊有一抹金色的身影，冰涼的大掌撫上她的額頭，她舒服又安心地閉上眼，啞聲道：「九華……」

「……」

「我說了……我對他說了……」

「……」

「你沒有說不可以……對吧？」

「妳在這裡，過得開心嗎？」

九華的嗓音在昏暗的小房間內突兀地響起。

「啊？」若雲一楞，讀不出他的語氣，只毫不猶豫地回答，「開心、當然開心……！」

「但爲什麼，妳現在在哭呢？」

高燒逼出敏感又脆弱的情緒，若雲沒有察覺到自己的淚水早已無聲潰堤，浸濕了枕頭。

自從那次，若雲衝動告訴進自己眞正的身分後，兩人便沒有連絡過。

若雲不敢主動聯繫，她決定把選擇權全然交給對方……也許只是她害怕聽到進的答案、害怕被進否定罷了。

同時也不斷地後悔著，她何以自大地以爲，揭露自己未來人的身分、甚至殘忍地宣告日本會戰敗，進便不會去當兵？

她在賭什麼？她在試探什麼？

——試探進對她的感情嗎？

明知道兩人要在一起得付出多大代價，但終究在情感激昂下不小心表露出來，試圖逼迫溫柔的進聽她的話。

——但她憑什麼？

明明是沒有未來的戀情，要是當初有好好把握距離，也許就不會讓進喜歡上自己、就不會讓他有這麼痛苦的回憶。也許躲過戰爭後，他會回日本跟日本女孩在一起，然後平靜幸福地度過餘生……但只是想到這樣，若雲的心就痛得快撕裂了。

昏暗寂靜的小房間內，迴盪著她略顯粗重的呼吸聲。有隻溫柔的手，替她抹去眼角的淚水。

若雲從沒想過自己會有這麼一天，穿越以來才短短幾年，她就得到了太多太多她在現代十幾年從未得到過的東西，包括這一連串陌生的感情。

她在痛澈心扉的思念中，發現了自己喜歡進，而進也對她有好感……但也僅只於此了，這之後的發展，若雲從未想過，也不敢想過。

她是臺灣人，他是日本人，在這時代，民族間的鴻溝有這麼容易撫平嗎？她生活在現代，他生活在日本時代，這長達半世紀以上的時間有這麼容易跨越嗎？

現在戰爭情勢越來越險峻，這塊土地上的人卽將面臨無法抵抗的可怕遭遇，生活在這個時代的人，大家都很不安，她更無法眼睜睜看著身旁的人死去。

但我能怎麼幫助他們呢？我到底爲什麼會從未來來到這裡呢？

良久，若雲深吸一口氣，決定把所有的希望，賭在這裡她唯一能依靠的人身上。

「九華……你可以……保證他們的安全嗎？我只要、他們都活著就好……可以嗎？」

「……」

「你爲什麼……不說話？」

一陣強烈不安感向她襲來，視線模糊得越來越厲害，她忍不住哽咽：

「九華……你只會保護我的安全嗎？爲什麼……？」

「不要做危險的事。」

「什麼——」

「記住我的話。」冰冷的大掌掩上她的眼，帶來一陣濃厚的睡意，「好好休息，趕快康復吧。」

在若雲意識殞落的那片刻，九華若有似無的嘆息輕拂過她耳畔。

「希望我這樣……已經算有達成妳的心願了。」

自此，九華從若雲眼前完全消失，沒有再出現過。

＊

在這世界的巨大洪流中，人類就像浮萍般任由時間與命運的擺布。

若雲多麼希望時間停在這一刻，時間卻毫不留情地加速流逝。

現在收音機和報紙一打開，全是宣導預防空襲的情報。

「港都高雄絕對是敵軍的目標，市民得對時局有深刻認識。」

「敵機隨時會來，請大家做好準備！」

「市民奮起，保護皇土吧！」

為避免炸彈暴風吹破櫥窗，造成玻璃飛射，街上各商店的落地櫥窗貼滿玻璃貼紙。商家的指標——吉井百貨的營業時間，也縮短至下午六點便關門，意味著下午六點過後，大街上將進入宵禁般空無一人。

燈火管制愈趨嚴格，為避免夜晚被敵機鎖定目標，家家戶戶必裝「防空燈泡」，嚴厲限制燈光亮度。晚上十一點後，除非特殊事宜（醫院及育兒）否則全面禁止開燈，如果哪家窗戶不小心外洩了燈光，必然有人上門「關切」。

時局越來越緊張，防空演習也越來越頻繁。

以町為單位，四周立著三面有色旗子，平常是紅白紅的配置，若空襲到來，便會翻成紅紅紅警示，同時空襲警報也會響徹天際，以響六秒停三秒的急促規律，警告人們盡速避難，解除時則是連續響一分鐘，以告知躲在防空洞裡的人已解除空襲警報。

聽到防空警報後，每個人須卽刻換上「決戰服」（防空服裝）和沾鹽水的防火頭巾，常備內含重要物品、簡易水糧和藥品的「非常袋」（救難包），隨身攜帶上面寫著名字、住址和血型的小木牌，以便受傷或死亡時能確認身分。

這些在日常生活中不停不停地被反覆操演，銘刻在若雲的心中。

但知道是一回事，實際遇到又是一回事。

一九四三年十一月二十五日，臺灣本島終於也傳來遭到空襲的消息！地點在新竹州。

想到從來只在電視或網路上才能看見的場景，正活生生地在身邊上演……這事實令若雲終日惴惴不安。

在這樣苦悶的生活中，終於降來了若雲心心念念的好消息——小宮進的連絡。

＊

若雲緊張地等在榮安寫眞館——阿田阿蕉家的亭仔腳下。

一看到那熟悉的身影遠遠朝自己走來時，本來愁雲慘霧的心情瞬間煙消雲散，若雲臉上綻出這幾個月來的第一個笑容。

「抱歉，有等很久嗎？」

「沒有……」

似曾相識的對話與場面，就像是他們第一次「約會」的時候一樣……只是那彷彿已經是好久以前的事了。

「恭喜畢業。」

「謝謝……」

三月畢業季，進邀若雲一起來照相館拍照。

若雲又驚又喜，她以爲進會把她當瘋子，永遠不再與她連絡，沒想到進不但對她的態度與先前無異，甚至還邀她一起照相留念！

自從她跟進雨中坦白後，兩人便沒有再見面過。一方面是在沒有見面的日子裡，若雲內心的小劇場已經上演了千百回，她單方面覺得自己一定已經被討厭了，一方面是中學生因各種演習及奉公非常忙碌。

偶爾在街頭看到學生們綁著綁腿、配著槍，在市街模擬戰或是聯合軍事演習的時候，她總忍不住用目光搜尋著他的身影。

明明是最該把握的、進留在高雄的最後一年，卻因爲她的衝動而毀於一旦，這令若雲後悔不已。

她不想再增加進的困擾，她決定，若進沒有主動提，她也不會再提起關於那天的那件事。

只要不是上戰場都好，她想，只要不主動志願，日本應該不會硬抓就學中的學生去當兵才是。

今天，她要快快樂樂地送進去實現他想當醫生的夢想、實現他前途似錦的未來！

因爲日本不斷送人前往戰場，來拍照留念的人很多，照相館內人潮不少，阿田阿蕉幫忙店裡忙得人仰馬翻。

進與若雲一起排隊等候，很有默契地都沒有提及那天的那件事。

若雲問進：「去內地的船票買好了嗎？什麼時候出發去考試呢？」

進沒有回答，若雲心想也許是店裡人太多了，他沒有聽到，正想再開口，此時排在他們前面的一對兄弟，兩人的談話清晰地壓了過來。

「政男，我會被派駐到南方某個港口，你應該很快會去日本吧？那麼今天就是我們最後一次碰面了。」

最後一次碰面——短短一句話，如一顆小石子掉進若雲的心湖，激起巨大漣漪。是啊！也許今天也是她跟進最後一次見面了。

進即將去日本讀高校三年，而再過一年多，日本將會戰敗，進將沒有理由回來臺灣，她也無法到日本去，兩人注定無法在一起。

思及此，若雲心如刀割，痛得幾乎要掉淚。

初戀嫩芽還來不及長大，就得自己親手摘掉了。

輪到進與若雲拍照時，阿田阿蕉抓準時機衝了過來。

「你們不是在忙嗎？」若雲詫異問道。

「怎麼可以只有妳一個人跟小宮老師拍照？我們當然也要啊！」阿田吃味地嘟嘴。

「最喜歡、小宮老師！」阿蕉更是燦笑地告白。

若雲呆呆地望著進那泛起淡淡紅暈的臉，不禁跟著傻笑。

「好，那大家就一起拍吧！要開開心心地笑著拍喔！還要比YA！」

若雲一掃幾分鐘前的陰霾，興奮地一邊比出V手勢一邊說。

「那什麼手勢啊？好奇怪，我才不要！而且為什麼要笑著拍？」阿田困惑地歪頭。

「我才覺得奇怪，為什麼你們拍照都不笑咧！」

「咦，好怪！誰要硬撐著笑臉拍照啊，好怪！」阿田抗拒地怪叫。

「誰叫你硬撐著，給我發自內心地笑啦！」

大家笑成一團，稀釋了卽將離別的哀戚氣氛，彷彿回到以前國語講習所那段每天談笑打鬧的珍貴時光。

四個人一起拍完後，阿田跟阿蕉迅速跳離拍照場，轉身命令進與若雲不准動。

「接下來當然是要拍你們兩位的合照啦！我們才沒有不解風情到這種地步呢！」

進與若雲先是一起愣住，接著羞赧地相視而笑。

若雲身爲現代人，拍照微笑幾乎是反射性的技能，加上若雲只要一想到進現在正站在她的身邊，怎樣也無法控制上揚的嘴角。

她在心中偷偷享受著與進久違的近距離，一邊直視著前方鏡頭。

吶，不知道你是不是跟我一樣，也在笑著呢？

雖然這時代的照片無法立刻拿到，但若雲心裡清楚知道，她已經在剛剛拍下了卽將成爲一輩子的寶物。

結束後，進送若雲回家，就像以前每晚國語講習所的護送一樣。卽使空氣中飄散著揪心不捨的氣味，但他們兩人都不說破，他們只想平穩地度過最後的時光。

最後，若雲站在王家門口，跟進做最後道別。

「今天謝謝你，我真的、很開心……」若雲咬著唇，不讓鼻子的酸楚繼續蔓延。

進的表情陰鬱，彷彿欲言又止。

見狀，若雲掐掉了自己內心最後一絲期待，轉身就要踏入王家門口。

「等、等一下。」進驀然喊住她。

若雲回過頭，看到進手比出V手勢。

「剛剛雲桑說的這個，有什麼意思嗎？」

若雲還眞沒深究過這個手勢有什麼意思，只是在現代大家拍照都這樣比YA就跟著比。

不過她記得看過這個手勢隱含的其中一個意思是——

「和平……世界和平。」她輕喃。

「世界、和平……」

進跟著她喃喃複誦了一遍，眨起閃爍著淚光的眼睛。

＊

一九四四年八月三十一日。

當時約晚上九點多，若雲正開著塗了一圈防空顏料的小燈在看書，忽然聽到空襲警報大響。

老實說，若雲已經聽空襲警報音聽到有些麻痺，以爲這又是平常一貫的防空演習，但她還是訓練有素地整好裝、抓起救難包，跟著王家一家人前往防空壕。

這時她聽到，一波波巨大的引擎聲從遠而近破空而來，在夜幕中激起陣陣回音。

天啊，是眞的！

大家一起雙手抱膝，擠坐在悶熱不透風的防空壕中。

在若雲還沒緩過氣的時候，猝不及防從上方傳來轟天巨響，伴隨著大地震般的天搖地動。

「啊！」

若雲嚇得發出一聲悲鳴，她趕緊將雙手拇指壓住雙耳，四指遮住眼睛，把頭埋在雙腿之間，並張開嘴巴緊張地呼吸。

這是防空避難的標準姿勢，爲了減少爆炸波帶來的壓力造成身體內傷。

卽使如此，炸彈爆炸聲依舊不停轟進耳裡，震得她腦袋暈暈作響，地面劇烈的搖晃，也讓她感覺胃裡的東西快被搖出來。

漆黑的防空壕裡瀰漫一片低吟啜泣聲，令人喘不過氣。

這轟炸程度，顯然就在附近而已，下一秒若炸這裡，我是不是就死了？被炸死是什麼概念？是整個身體器官爆成一塊塊鮮紅肉醬嗎？

恐怖的想像在若雲腦海中不受控地奔馳，她全身顫抖、壓住耳目的手心不斷冒汗。

她不敢置信，以前在歷史課本上花一秒就看過去的「空襲」字眼，僅僅兩個字，其隱含的現實竟是如此恐怖。

在防空壕裡的時間彷彿度秒如年。

當他們聽到那綿長的解除警報聲時，若雲還在恍惚。

我、我活下來了？

時間已過午夜，若雲手腳發軟地爬出防空壕，全身都被灰塵汗水浸濕。

她瞇起眼，看到不遠處的港口邊火光大閃，將夜晚燒得有如白晝一般，映照出附近一大片不忍卒睹的斷垣殘壁。

高雄港碼頭的倉庫被炸中，火勢猛烈、綿延不絕，燒了整整三天三夜。

王家當機立斷，不能繼續住在空襲目標之一的高雄港附近了，立刻決定「疏開」，於是若雲跟著王家離開了哈瑪星。

一九四四年十月，美軍開始對臺灣進行密集的轟炸。

全臺唯一坐擁陸海空三軍基地的高雄，亦爲日本南進政策之重要工業據點，擁有日本帝國版圖最南端的車站及港口。加上高雄位於美軍轟炸機返回菲律賓的必經之路，提前折返或任務完成後，美機往往將餘彈投往高雄，因此高雄遂成爲美軍轟炸的主要目標。

美機如入無人之境般，不只晚上、連白天也大剌剌地出現，每天早上八點到下午五點間不斷投彈，天空中的美機如夏天的蚊蟲一般漫天飛舞。

若雲最害怕的是，每次空襲過後從防空洞出來，都好像穿越到了另一個世界——因爲景色跟她躲進防空洞前，完全不一樣。

舉目所及，怵目驚心的屍塊、高掛樹枝的腸子……還有因爲「燒夷彈」而起火燃燒的木造房屋，火光綿延不絕一棟接一棟，濃濃黑煙嗆得她幾要窒息。地上滿佈血跡與碎玻璃，嗆鼻的硝煙味與屍臭味，彷彿黏在鼻腔內，久久無法散去。

即使如此，生活還是要過，日本也還在做垂死掙扎。建設機場、砲臺等軍事設施需要工人，便不分男女老幼，徵招人民和青年團去做所謂的「奉仕作業」。

疏開與頻繁的空襲生活下，若雲幾乎與其他人斷了聯繫。第一個重逢的人是潘玉蘭，偶爾會因爲女子青年團而一起工作。

一日下午，正當若雲在做奉仕作業時，防空警報再度響起，她立刻躲進一旁的防空洞，終於再度看到熟悉的面孔。

「施桑？**是經營施闊嘴接骨院的**施桑**吧？**」

施闊嘴接骨院是高雄一家有名的整骨醫院，之前若雲也曾親送過誕生賀禮。

看到施太太胸口抱著的小男孩，若雲心想沒想到當年甫誕生的男孩，已經長這麼大了，眞不知該說是時間流逝的速度快？還是小孩子成長的速度快？

「**啊，是王家的**尹桑**？好久不見，見到妳眞好。**」

施闊嘴先生這句話的含意，令若雲不禁失笑。

在現在這樣嚴峻的空襲局面，還能夠見到老朋友安然無恙，是一件多麼奢侈的事。能夠活到現在的，都已經算是天選之人了吧？

炸彈的爆炸聲在遠處響起，伴隨著輕微的地面搖晃，激起洞內一片塵土飛揚。這種生死交關的時刻，不管經歷過多少次，若雲還是無法習慣。

在一波攻擊漸歇時，若雲聽到施太太抱著的那位小男孩，童言童語地發問。

「阿爹，爲什麼他們要常常來殺我們？」

「他們不是要殺我們，他們是要打日本仔。」

施先生壓低聲音，噓了小孩一聲，示意他小聲點。

「但這裡是臺灣，不是日本啊！」

「傻囝，你還小，阿爹解釋你也不會懂，咱臺灣和臺灣人就是給日本仔管的。」

「爲什麼我們要給日本仔管？如果我們自己管臺灣，他們是不是就不會來殺我們？」

「傻囝仔，咱臺灣人已經給別人管三百年了，等你長大就會知道，做臺灣人是眞可憐的，因爲我們沒有自己的國。」

「我們沒有自己的國，日本仔就可以來欺負我們？他們就可以來殺我們？那爲什麼我們臺灣人不自己建一個國呢？」

「傻囝，不要亂講！給日本仔聽到，阿爹就會被抓去！」[27]

27此段出自施明德文化基金會官網。http://www.nori.org.tw/founder/

施先生恫嚇小孩，示意話題到此結束，小男孩垂頭喪氣地低下頭。

看到這一幕的若雲內心百感交集，終於忍不住出聲。

「**未來……**」

小男孩抬起頭。

「**在未來……臺灣一定可以建成自己的國的！千萬……不要放棄希望啊！**」

小男孩眼底閃爍出的興奮光芒，彷彿把整個防空洞照耀得明亮璀璨。

第八章

時序終於來到一九四五年。

以往還會看到幾架日本的戰機在空中與敵機對戰，到了這時，已經幾乎沒了日本機的身影，日本戰敗的跡象越來越濃厚。

高雄市區幾已面目全非，聽說吉井百貨挨了一顆大型炸彈，入船町唯一的電影院「昭和館」也被炸平，而湊町郵便局炸死了一位員工，建築物也全毀了。

在這非常時期裡，若雲完全無法得知其他人的狀況與安危，她只能全心全意地祈禱大家的安全。

這天，若雲跟著青年團及學生隊，在市區附近清理道路、整理被燒夷彈燒毀的房屋遺骸，不遠處還有幾棟正在冒煙的房屋。

爲避免火勢再起，她奉命提著鋁製水桶去附近取水。

路上散落著一些屍塊與燒得焦黑、看不出形體的「生物」。

若雲最一開始做這工作時，完全沒意識到那是什麼，等她走近細瞧，赫然發現一張融化的臉孔，當下立刻反胃吐了出來。

但現在，數量已經多到見怪不怪，內心除了濃濃的悲傷以外，麻木得毫無波瀾。

竟然習慣了這種事，眞的是太可悲了。

也許是自己身分特殊，她對於這一切完全無法理解。於身分認同方面，她有感同爲弱勢的臺灣人，但她又有不屬於「這時代的臺灣人」的自覺；於物質制度方面，身爲穿越者，她既未納入制度內，沒有遭受到大多數臺灣人在學校、在工作上的差別待遇。同時，她又跟日本人生出深厚情誼。

但同樣的，她也不會像這時代的年輕人，由於受了皇民教育一心向日。她反而因爲日本帝國的執著與瘋狂，造成這麼多人命損失，而厭惡日本。

討厭整個日本殖民地體制的壓迫，和強逼臺灣捲入戰爭的自私，但是，她喜歡的人又是日本人，這兩種矛盾的情緒在若雲的內心不斷碰撞拉扯。

戰爭已近尾聲，不知道大家都安全嗎？九華爲什麼一聲不響消失了？接下來我又會怎麼樣呢？

若雲眼神放空，迷茫地想著，所以當異樣的地鳴大到搖晃著她的雙腿時，已經來不及了。

「危險！」

轟炸機的機關槍瞬間掃射下來，咻咻咻噠噠噠——放在地上的鋁水桶瞬間被打成碎片。

若雲回過神來，才發現她被人緊緊抱在懷中，蜷縮在一個僅深一公尺的壕溝裡。

她顫顫地抬起臉，看到的竟是她朝思暮想的臉孔——

「進……桑？」

若雲瞬間以為自己在作夢，但那人左手緊緊地環著若雲的腰，右手抱著她的頭往他的懷裡壓，他抱得如此緊，反而讓她痛得明白了這不是夢。

他像是想把若雲整個人揉進身體裡般，不讓她的身體曝露在外一吋一毫，因為這個壕溝就像未完成的水溝，極為簡陋，可說完全沒有防禦功能。

若雲的臉被深深埋在他胸前，狂亂的心跳聲在兩人緊貼的身體間震動，他的呼吸近在咫尺，混著他獨特的清香，濕熱的氣息徐徐噴在她的耳際。

「抱歉，再忍耐一下……」

熟悉的溫柔嗓音，不費吹灰之力地穿過壕外的砲彈聲，清晰地鑽進她耳裡，若雲的眼淚立刻奪眶而出。

此時此刻，死亡恐懼被拋到九霄雲外，只要能跟這個人在一起，她什麼也不怕。

她甚至任性地希望，這場空襲能一直持續下去，兩人就能這樣一直緊緊相依偎，永遠不再分開……

可惜現實不會如她所願，好像才過了半秒，殘酷的警報解除聲便在遠處響起。那人放開若雲，把她從壕溝裡拉了上來。

當那個人——小宮進看到若雲淚流滿面的時候，整個人愣住了。

「對不起！嚇到妳了嗎？空襲果然——」

「我好想你。」

意料之中，進的臉霎時泛紅，這是她最喜歡的表情，可愛極了百看不膩。

「呃、我……」

「我真的真的好想你，進桑呢？」

「我……也……」

進拉低帽子，別過頭去，耳朵紅得像火燒。

對進來說，能做出這樣的回應已經是非常大的進步，若雲忍不住破涕爲笑。

睽違整整一年的重逢，進除了有些曬黑了、頭髮短了以外，堅毅的表情、清澈的眼神，都還是跟以前一模一樣。

「為什麼進桑會在這裡？我還以為你去日本了？」

進悲傷地看著若雲抹去臉上的淚痕。

「……對不起。」

若雲的心猛然一震，她注意到進身上的衣服，不是高校制服，是日本陸軍軍服。

她早該想到了，連質疑臺灣人的忠誠度、不讓臺灣人當正規兵的日本，在戰況險峻、兵源不足的情況下，於一九四四年九月都開始在臺灣實施全面徵兵制了，更何況是日本內地的日本人了。

只是她沒想到的是，竟然會在這裡遇到他。

「進桑在哪裡受訓呢？高雄嗎？」

「對不起，我不能說。」

連續兩個拒絕，尷尬的沉默開始發酵。

久違重逢的兩人千言萬語哽在心頭，卻說不出口。

再過幾個月，戰爭就會結束了，就算當兵了，只要撐過這幾個月，還是有機會活下來……只要撐過——這幾個月！

若雲絞盡腦汁，拚命思考有沒有能幫助進的方法，像是告訴他哪裡不能去、什麼不要做之類的。

但隨後她絕望地發現，這些細碎的地方小事，歷史課本上不會寫、學校當然也不會教。

這已經不是她第一次切身體認到，臺灣對於地方的歷史教育是如此缺乏。

她無法置信自己以前怎麼從未想過，為何她會對自己生長的地方一無所知？穿越過來後，她數次痛感對這片土地的不了解，導致在這種時候什麼忙也幫不上，是個沒用的未來人。

若雲兀自沮喪著，沒有注意到進的目光如炬、緊緊地注視著她，就像要把她的身影給牢牢烙印在眼底般。

遠處忽傳來幾道人聲呼喚，彷彿灰姑娘的午夜鐘響一般，提醒著兩人時間到了。

一但說了「再見」就真的永遠不會再見似的，若雲躊躇著低下頭。

不料，是進先開口了。

「未來……」

若雲抬起頭，瞪大雙眼。

「妳生活的未來……是個和平的地方嗎？」

若雲倒抽一口氣，不敢相信自己的耳朵！

她從沒想過有生之年竟能聽到進對她的答案：他相信她！他相信她來自未來！

「嗯……」眼淚在眼眶中打轉，若雲難掩激動，不斷點頭。

「那太好了。」

看到進露出打從心底鬆一口氣的表情，若雲再也忍不住，任由龐大的感情支配全身，衝上去緊緊抱住了他。

「拜託……活下來！不要做危險的事……只、只要撐過這幾個月……只要活著、未來是和平的、是幸福的……真的，相信我！還記得我跟你說，人類可以到月亮上去嗎？那是真的！未來有很多有趣的新事物……我們一起迎接，我的……我們和平幸福的未來……好嗎？」

若雲幾已泣不成聲。

進沒有回答，只大力收緊了回抱住她的手臂，就像要把這輩子所有的感情與思念，猛烈地宣洩進她的身體裡般。

第一次從內斂的進那裡接收到如此強烈的情感，若雲的心口被狠狠衝擊，抱著進的手緊緊陷入他的身體裡。

潰堤的眼淚染濕了進的軍服。

「即使只有一瞬也好——能跟妳相遇在同一個時代，真是太好了。」

像孩子般純眞溫暖的笑容，就是若雲記憶中，進最後的身影。

＊

一九四五年，五月三十日。

這天早上，若雲一如往常要去執行奉公作業時，突然有個少年找上門來，說是帶了口信要給她。

「榮安寫眞館的謝阿蕉要我傳話：她說要給妳相片，她會在大橋那等妳。」

若雲內心激動不已，能確定阿蕉還活著，眞的太好了！

上次最後一次見面，已是在寫眞館一起跟進拍畢業紀念照的時候，當時阿田說，由於物料短缺，他們的照片被放到後面的順位才會處理，後來又因爲疏開和空襲，便斷了聯繫。

高雄市區被轟炸得非常嚴重，若雲一直以爲謝兄妹他們一定也疏開到別的地方去了，沒想到竟然還在市區營業嗎？

今天的奉公作業，是跟青年團的人整理街上散落的房屋木材及物資，交由「高雄壽山學生隊」回收。若雲跟玉蘭約在高雄州廳前集合，到時應該可以抽出一點時間過去大橋那。知道阿蕉還活著、可以見面、還可以拿照片……同時這麼多好消息剛好湊在一起，若雲喜不自勝。

今天一定是個好日子！若雲心想。

＊

當若雲走到大橋時，遠遠的就看見一個陌生又熟悉的身影。

她回想起第一次見到阿蕉時的情景：當時小阿蕉一個人鬼鬼祟祟地拿著進的手錶，在大橋上來回踱步，在她跟進的循循善誘（？）下終於願意交出手錶時，小阿蕉卻不小心把手錶甩進河裡，促使若雲人生第一次的「跳河」。

那些當下無奈的過去，在幾年後回頭來看，竟會如此令人回味。

人腦的美化功能眞不可思議。

而當年的小女孩，已出落成十歲的小少女，正從大橋上飛奔而來。

「小雲！」

「**阿蕉！**」

兩人幾乎是抱頭痛哭。

一年多不見，看到對方都還平安，眞的令人鬆一口氣，抓緊片刻交換起近況來。

「**爲什麼你們還在市區裡？沒有疏開嗎？**」

「**阿爸說他其他人都疏開了，我們不疏開就可以獨賺市區內的生意，他還說有菩薩保佑不怕炸彈……**」

若雲想到阿蕉父親那商人脾性，想必是捨不得拋下苦心經營的家產吧，竟然想賺錢罔顧家人性命到這種地步，忍不住搖頭嘆氣。

「**但現在市區幾乎沒剩什麼人了，所以我們也要疏開去別的地方了。**」

「**阿田呢？還好嗎？**」

「**阿兄去當海兵了，阿爸很生氣。**」

若雲看著阿蕉泫然欲泣的表情，想起阿田那開朗又膽小的身影，只得摸摸阿蕉的頭，安慰道：「**一定會平安回來的。**」

此時，從高雄州廳那方傳來人的呼喊聲，好像是要集合了。

正當若雲帶著阿蕉從大橋走往高雄州廳時，天空響起那熟悉又綿長的防空警報聲，緊跟著巨大的引擎聲破空而來——

是B－24！這段時間B－24轟炸機幾乎每天都來空襲，已經頻繁到被大家戲稱爲「B－24的定期航班」，今天也不意外的來了。

「趴下！趴下！」阿蕉反射性地高喊在學校被訓練的口令。

若雲拉著阿蕉跳進路旁的防空壕，但這防空壕並不堅固。正當若雲飛快地思考附近哪裡有較爲完備的避難設施時，一個畫面如閃電般倏然打進腦中。

——是一個殘缺不全、右半邊被炸毀的高雄州廳。

她一個驚起！瞬間意識到這不是幻覺，是未來的某個事實！

因爲那是她很久很久以前，在某個展場內看過的老照片——

沒來由的高揚感如電流般猛然竄遍全身，若雲當機立斷——她必須去告訴高雄州廳前那些青年團的人、去告訴玉蘭才行！

「阿蕉，乖乖待在這裡不要跑！躲好，知道嗎？」

「**什麼？不要！**小雲！**不——**」

若雲沒聽完阿蕉的叫喊，便衝出防空壕。

她一邊奔跑在高雄川沿岸，一邊遠望河的對岸不遠處，市區上空多架飛機如蜻蜓般盤旋，炸彈如豪雨似落下，激起漫天黑煙。

但此時，若雲的興奮遠遠凌駕了恐懼。

終於，她第一次能在這時代，發揮她未來人的用處！

既然知道了炸彈會炸哪裡，豈有不救人的道理？爲什麼會突然想起那張老照片呢？難道這就是她穿越過來的意義嗎？

「小雲！**不要！不要丟下我！**」

在轟然地鳴聲中，若雲卻聽到後方傳來阿蕉的叫喊，她回頭，看見阿蕉哭喪著臉、死命地追了上來，若雲的五臟六腑被扭緊在一起。

轉眼間，剛剛那群「蜻蜓」已然飛到上頭，無數炸彈如彈珠般顆顆落下，轟中了高雄州廳的右臂，所有的一切在眼前爆裂開來。

不！至少——要救到阿蕉！

只剩下唯一這個強烈的念頭驅使著若雲，她用盡全身的力氣，在最後一刻，把阿蕉猛力推進高雄州廳的大門——

＊

小孩的哭聲由遠而近漸漸清晰，若雲慢慢地睜開眼睛。

朦朧中，首先映入眼簾的是，阿蕉全身髒兮兮地站在一旁，嚎啕大哭。

接著，她聽到附近傳來淒厲的哭號與騷動聲。

最後，是自己完全沒有知覺的下半身。

——若雲這才發現，自己的雙腿被壓在一塊巨大的斷垣殘壁下。

她再度失去了意識。

——唧唧蟬聲，響徹充滿蒼翠綠意的壽山。

那是在尋犬未果，他們一行人逃到高雄神社，坐在神社的大階梯上吃冰時所發生的事……

「你們知道，人死後會去哪嗎？」不知道是誰，突然冒出這麼一句。

「難道不是變成幽靈嗎？」

全場不約而同想起剛剛的恐怖經歷，不寒而慄。

而她突然想起了，以前曾聽過的一個說法。

「我曾聽說，人的一生會死三次。第一次是肉體的物理性死亡，第二次是葬禮時的社會性死亡，最後是當世界上再也沒有人記得你、知道你的時候，你整個人的存在，就從世上完全消失了。」

全場鴉雀無聲。

「**好可怕！我不想死三次！**小雲**妳會記得我吧？**」阿蕉嚇得抱住她。

她默默在心裡吐嘈，從年齡來看，我比妳先走的機率比較大吧。

「**聽起來真的很可怕！想想如果我忘了你們……或是阿蕉阿爸阿母他們忘了我……不管怎樣我都會超受打擊。**」阿田打了一個寒顫。

她腦海中浮現罹患嚴重失智症、已什麼都記不得的阿嬤的身影，不由得苦笑。

「『遺忘性死亡』嗎？的確是蠻有趣的說法，也有道理在。」進點點頭。

「所以，為了不讓我們被未來的人們所遺忘，該怎麼做呢？」

在場的人將目光一致射向她，她嚇了一跳。

跟記憶中迥然不同的畫面，開始脫節——

「我們這個時代，是一個消失的時代。」

「日本人沒有人知道我們，臺灣人沒有人記得我們。」

「我們在這裡生活過的痕跡，被時間掩埋、被政治抹去，彷彿不曾存在。」

「妳願意記得我們一同度過的時光嗎？妳願意傳承我們生活在這片土地上的記憶嗎？」

四周緩緩凝聚起清冷的白霧，大家彷彿變了個人似的，圍近她逼問著。

驚慌失措中，她身子靠向階梯旁的狛犬，堅硬冰冷的觸感，登時化爲富有溫度的手包裹住她。

穿著狩衣的小男孩牽著她的手，宏偉的神殿、似曾聽聞的笛聲一一出現，那道富有威嚴的聲音再度呢喃。

——夢さめて　現世を思ふ　暁に　長なき鶏の　声ぞ　聞ゆる。

（自夢境清醒　思念現世時　依稀可聽聞　公雞長鳴聲）

——ご幸運を！

（祝好運！）

叮鈴！一叢清脆的鈴鐺聲。

*

小孩的哭聲由遠而近漸漸清晰，若雲慢慢地睜開眼睛。

朦朧中，首先映入眼簾的是，阿蕉全身顫抖不停地站在一旁，嚎啕大哭。

接著，她聽到附近傳來人們的呼喊聲。

最後，是大腿的右側如火燒般灼燙。

——若雲這才發現，自己全身髒灰地趴在高雄州廳的大門前。

她把手探進大腿右側的灼燒點——燈籠褲的右口袋，從裡面掏出了一個御守。

自從進告訴她御守是一種護身符後，她就一直把御守放在褲子口袋片刻不離身。

御守在她手掌心上瞬間起火自燃，化爲灰燼消失。

若雲起身，看到身後的高雄州廳雄偉地矗立著，她一下領會了什麼，拉著阿蕉就往大橋方向飛奔。

遠方大批B－24的引擎聲引起轟隆地鳴，如雷灌耳。

今天的空襲會很猛烈吧，但此刻的若雲彷彿獲得了無與倫比的勇氣。

奔跑過大橋，若雲把阿蕉帶到高雄市役所左側的防空壕前。

她知道，這棟市役所好好的留存到了現代，沒有在空襲中被炸毀，表示這裡絕對安全。

「阿蕉，乖乖待在這裡不要跑！不准再追出來了，躲好！知道嗎？」

「不要！小雲！不——」

「我一定會回來接妳的，相信我！」

若雲緊緊握著阿蕉的手，不時回頭看向對岸那完好無缺、雄壯威武的高雄州廳。

她還有一次機會，一次神施捨給她的機會，她一定要好好把握。

「嗚嗚……說好了喔！妳一定要回來接我，我會等妳，一直等妳！」

說完，阿蕉依依不捨地鬆開了若雲的手，就像她那次在神社中不小心鬆開了若雲的手一樣。

若雲一個轉身，才剛繞到市役所前的草坪外圍——下一秒，若雲的身影忽地憑空消失。

「咦，那女孩呢？」防空壕內的人個個懷疑起自己的眼睛。

空襲中大家都在避難的當下，外面道路是空無一人，除了那女孩一個明顯的身影，是不可能看漏的。

但舉目所及，空空如也的草坪與大橋，沒有任何移動中的人影——就好像那女孩從未出現過一樣。

「小……雲？」目睹這一幕的阿蕉同樣目瞪口呆，想起身往外追，卻被防空壕的其他人給拉了回來。

「喂，**想出去送死嗎？**」

「**可是**小雲……小雲！小雲——」

此時B－24正式展開攻勢，炸彈一顆顆落下，無盡的爆炸黑煙竄升數千英尺高，大火肆虐著整個高雄市區。

阿蕉的哭喊，只能在震耳欲聾的轟炸聲中，無聲播放著。

一九四五年五月三十日，美軍僅爲了轟炸高雄，出動了四個大隊、超過上百架B－24轟炸機，並在這天於高雄地區投下了高達兩百六十磅的破片殺傷彈。此日隔天，爲衆所皆知的臺北大空襲。

二戰結束時，全島僅有基隆、新竹、嘉義、臺南、高雄等五個城市，因嚴重空襲被判定爲「完全喪失都市機能」。其中，美軍在高雄的投彈量高達兩千五百五十九點二噸，死傷人數高達四千零九十三人。

高雄於二戰間的空襲砲火與死傷人數，均居全臺之冠。

第九章

一九四五年，五月，印度洋群島。

陳金月其實一直不覺得自己是個悲慘的孩子。

即使她小時候被賣去當童養媳，受盡婆婆兇殘的虐待，爾後逃家後，又在菜店受盡歧視，她還是不覺得自己有哪裡悲慘。

因爲她身邊的女孩子，好像都過著差不多的生活？

這對她來講彷彿天經地義的人生，只有一個人，曾爲她的身世流過淚。

尹若雲，那個擁有不可思議氣場的女孩。

金月非常喜歡若雲，甚至覺得自己能跟這樣的人成爲好朋友，一定是上輩子燒了許多好香吧，不、可能救了許多人也不一定。

成長環境所致，金月很會看人臉色，因爲只要別人一不開心，就會被打。小時候的經驗，如本能般銘刻在她遍體鱗傷的身體上。她不在乎自己，只怕別人不開心。

若雲在金月的心中是一位可遇不可求、可愛聰明又溫柔的朋友，金月尤其不想讓她擔心，更不想被她討厭。

所以，當金月知道自己來到的是一個什麼樣的地方時，她單方面斷絕了與若雲的所有聯繫。

即使收到若雲寄來慰問的明信片，因爲不想對若雲說謊，她根本不敢回信。

她只要一想到，協助她離開壽榮閣的高雄樓的阿好姨仔、恭喜她找到「新工作」的大家，當初甚至是在衆人的祝福下風光出海，她也以爲自己總算能夠脫離菜店、成爲「那個人」不討厭的人……結果竟辜負了大家的期待，她就羞愧得無地自容。

「妳果然在這裡。」

一把女聲驀地從金月身後響起，一位名叫良子的女孩走了過來。

良子（Ryoko）是這位臺北州出身的女孩被賜予的日本名，對應到本名阿乖，意思是「好孩子」。

她們都有一個跟本名很像的日本名，金月在這裡就被叫做「月子」（Tsukiko）。

「妳爲什麼這裡喜歡坐在這裡看海啊？」良子不解地問。

「我在想，這片海是不是連接著高雄……」

月子望著前方的海平面，眼神遙遠而空洞。

「走吧，午休時間結束了，媽媽桑在叫我們了。」

「嗯。」

在平穩規律的海潮聲中，兩人轉身拋下那片連接著她們故鄉的湛藍大海，走回她們的工作地點——既不是服務生所在的駿河屋食堂，也不是看護婦所在的軍需醫院——而是提供性服務的海口慰安所。

＊

海口慰安所，原本是一間當地富商的旅館，被日軍強制徵收後，拿來當作慰安所。房間多且寬敞，附有木板床、簡單家具跟廁所。

慰安婦一人住一間房間，門上掛著號碼。月子是編號七，她的兩側是編號六的良子和編號八、一位叫桃子（Momoko）的女孩。

桃子跟她一樣姓陳，她們甚至是搭同一艘從高雄出發的船來到這裡的，不過她們熟識起來，則是房間分配在隔壁後才開始。

「客人」來到慰安所，會先在門口排隊、向收帳員買牌子。牌子是一片小小長方型的木板，上面寫有編號，按照木牌上的編碼去對應的房間。價格分爲一般士兵一次兩圓，長官三圓，一次最多十五分鐘。

她們的接客時間從早上九點就開始，中午休息時間一小時左右，午餐過後繼續接客到下午五點，這段時間是一般士兵的接客，晚上七點後則是長官級客人的時間，只有長官能過夜。

客人大多爲駐紮於此的日本兵，但偶爾也會有暫時停駐在此的短期過境軍隊，裡面若有臺灣人軍屬或翻譯，自然也會來利用。

臺灣客人跟日本客人，對月子來說並沒有差多少。

有在軍中受盡挨打歧視、而來慰安所找她們洩憤的粗暴臺灣客人，當然也就有舉止輕柔有禮的溫柔日本客人。在她眼中，都只是一張張模糊不清的臉孔而已，只差在進房門後，兩人交談的是日語還臺語的分別。

辦事時，規定士兵們必須戴著「突擊一番」保險套，以防染上性病，但很多士兵都不戴，因爲這樣「不夠爽」。保險套是媽媽桑每個月會發一打給她們，用完了，就把保險套拿到溪水洗一洗，晾乾重複使用。

完事後，她們必須用紅色的消毒水清洗下體，一週也要去醫院檢查一次，以防感染性病無法接客，或是傳染給士兵折損戰力，總之並不是爲了她們的身體好。

因爲月子在這裡看了太多被連續摧殘而導致子宮破裂、血流如注而被抬出去的少女，她們的年齡，幾乎只在十五到十八歲之間而已，而她們往往經過搶救復甦後，休息不到一小時，便會被媽媽桑強迫著繼續接客。

唯一慶幸的是生理期可休息，畢竟生理期感染病菌的機會更大。休息時，她們要把房門上的牌子翻到反面的紅色面，表示暫不接客。

在如此環境中，身邊少女們懷孕流產、企圖自殺、甚至被士兵當成玩物刺青毆打的例子是所在多有，像桃子就曾三次喝消毒水自殺，但都被救起。

不過奇怪的是，月子從來沒有想過要自殺。

也許她心底某一處，想要堅守若雲曾對她說過的：

——**我……很佩服……像妳這樣堅強的女孩子**。

又或是荒川曾對她說過的：

——不要再想尋死了啊！妳若死了，我會睡不好的。

在這個身心都被踐踏到連渣都不剩的地獄裡，只剩下世界上她最喜歡的這兩個人說的話，讓她能保有最後一丁點的人性，支撐著她活下去吧？

在這裡，她能證明「自己還活著」的唯一慰藉，只剩下若雲寄來的明信片，還有以前與大家、荒川相處時的快樂回憶。

這些回憶每每在她躺在床上被猛力貫穿時，更加鮮明地跳動在天花板上。

唯有如此，她才能保持清醒。

有時她太沉浸在美好的回憶裡，會被騎在身上的士兵甩巴掌、怒吼怎麼不叫？給我叫啊！她只好勉爲其難、作作樣子地低吟幾聲。

她可以感覺到自己的喉嚨發出難聽的乾枯粗聲，但是士兵好像很滿意，哼了幾聲、搖得更加用力。

她也很少辦事過程中的記憶，因爲她的靈魂，總是會在咿咿呀呀的木床搖晃聲、啪啪啪的撞擊聲中，飄到那遙遠的南方島國，沐浴著濕潤炎熱的空氣、徜徉在充滿歡笑的港都裡。

然後，隨著退房前士兵大聲的一句「謝謝！」，她又被拉回到這陰森的小房間裡，悵然若失。

＊

人需要「信仰」來穩定心靈，那信仰可以是神明、媽祖等宗教，或是情人、或是任何有興趣的人事物，即所謂的「心靈寄託」。

在這充滿著男人與女人、情慾流動的慰安所裡，「戀愛」往往是女孩子間的信仰中心，八卦話題永遠不可少。

因爲在冰冷的環境中，女孩子們渴望接觸「喜歡」與「愛」，這些人性中溫暖的一面，這以前在菜店工作的月子早已深有體會。

桃子與一位名叫山口的軍醫看護長有所曖昧；良子則是曾被喝醉的日本軍官抓起來摔在地上過，所以對他們都沒有什麼好感；月子日語流利、又在菜店打滾多年，對她示好的士兵是不計其數。

不過月子的心中，從來就只有一個人的身影。

即使她就是因爲那個人，才會來到這個地方，但她從不怨恨他。

因爲她喜歡他，即使他不喜歡自己。

因爲他是這世上第一個對她好的人，她便如雛鳥般，一生認定了他。

不過她也知道，自己弄巧成拙，已經徹頭徹尾地變成了他「最討厭的人」。

事到如今什麼都無所謂了，她只要還能想著他、念著他的名字就已足夠。

荒川七郎、荒川七郎、荒川七郎、荒川七郎……

「**妳在念什麼？**」

啊，糟了，不小心把心中所想的說出口了。

月子困窘地對上一臉疑惑的桃子。

「**沒什麼。**」

「**啊，是不是妳說過的那個，妳喜歡的日本仔？**」

「**嗯。**」

「**他現在在做什麼？**」

「**不知道……可能去當兵了吧？**」

聽說女孩子們若常在一起，生理期會一起來，托這不可思議的現象之福，她們兩人才能一起坐在海邊休息聊天。

「**看妳這麼思念他喔……如果能遇到就好了，我幫妳跟媽祖婆求！**」

「**呵呵，好啊，多謝妳吶。**」

月子沒有放在心上，只一臉有趣地看著桃子閉上眼睛、嘴裡念念有詞，不時糾正桃子不要把「荒川」（Arakawa）念成「彩色泡泡」（Awakara）。

兩人哈哈大笑成一團，因此她們沒有注意到，遠方有一艘船正往這座島緩慢駛來。

直到生理期結束，兩人回歸所上的時候，才聽說有一艘短期停泊的軍船靠岸。

這並不是新鮮事，所以月子並沒有放在心上。

那一天，月子一如往常地待在小房間中，等著客人上門。

她聽到敲門叩叩兩聲後，就沒了動靜。

她感到納悶，熟客敲完門通常是直接進入的，看來是位禮儀端正的客人？不然就是第一次的新兵吧？

好久沒遇到這種客人了，月子嘴角不自覺地微揚，喊一聲：「是，請進。」

門被咿呀打開，進來的是一位拉著帽沿、頭低低的士兵，好像在喃喃低語些什麼。

月子疑惑，忍不住靠了過去，「您說什麼？」

「請、請多指……」

當兩人的距離近到月子可以聽清楚士兵在說什麼的時候，士兵冷不防地抬起頭，兩人便這樣四目交接，同時瞪大了雙眼。

「妳、妳、怎麼會是……」

「荒川、桑……？」

究竟桃子是向慈悲爲懷的媽祖婆許了願？還是陰錯陽差向地獄惡鬼許了願？恐怕沒有人知道了。

＊

一九四五年，六月，沖繩本島。

莊炳輝最先聽到的是，規律的海浪聲。

他緩緩地睜開眼睛，發現自己躺在沙灘上，半身浸泡在海水中。因浸泡海水過久而腫脹發白的雙手，刺痛得他腦袋恢復運轉。

我還活著。

當他意識到這個事實後，眼淚不受控地滑過臉頰。

片段的記憶畫面，如打在身上的海浪般，一波波向他襲來——

＊

「你的志願兵入選通知書來了。」

莊炳輝不發一語，瞪著門口的郵差向他隨手遞來一張一錢五厘的明信片。他抬眼往對門望去，看到一位日本巡查戴著白手套，將粉紅色的「赤紙」[28]恭敬地捧給一位日本少年時，不禁嗤笑一聲。

身後的母親發出一聲嗚咽，跪倒在供奉著丈夫與神宮大麻的廳堂前。

說是「志願」，其眞相是地方爲了做政績，官廳向警察施壓、警察向保正施壓，由上而下的權力結構層層堆疊，最後強行將庄內符合資格的男子，全員一律提交志願申請書。不配合，就會被打成「非國民行爲」，等著警察來敲門。

就算無視庄內的強迫，學校那邊的壓力也非比尋常，已經有好幾位才十三、十四歲的學弟都志願了。

「我會堂堂為國盡忠。」莊炳輝機械式地吐出當時的慣用句。

時值一九四三年底，正接近畢業季，在學校鼓吹及國家動員下，班上有超過一半的人，畢業志願都是當兵。

當他聽說小宮要去內地考高校時，心中還是不免泛起一陣強烈的忌妒。

面對殺了他父親的日本，他毫無盡忠獻身的想法，但他對「不想輸給日本人」有極度

28　日本軍隊召集紙狀爲紅色，民間以赤紙代稱。戰爭末期因原物料不足，爲節約染料，此時的赤紙已不是紅色，而是以桃色或粉色居多。

強烈的渴望。

懷抱著這樣的思想，隔年三月畢業後，他在家人鄰居的「歡送」下，以臺灣志願兵陸軍身分入伍了。

經過一連串訓練，最終被分發到內地，落腳沖繩。

軍隊裡是另一個世界，在這裡不看學識出身，只看你對天皇陛下夠不夠忠誠、殺的人夠不夠多。

原本就生得壯碩，加上劍道強、基礎軍訓紮實，意外受到長官敬重，很快的，莊炳輝便從最低階的二等兵，升上低階士兵最高位的兵長。

但出身殖民地的莊炳輝清楚知道，會這樣不全是因爲他的優秀，而是兵源不足、缺乏軍官，才輪得到臺灣人當的。

原本需要大尉等級才能擔任中隊長，現在只要少尉等級受個速成教育便可擔任，大隊長甚至將已退伍的大齡軍官徵召回來……就是這樣的非常時期。

但這畢竟是他從出生到現在、從來沒有體會過的滋味，莊沉浸在能夠指揮一些一二等兵的優越感裡，直到那天爲止。

「喂，沒想到你過得還不錯嘛？」

熟悉的戲謔嗓音從前方傳來，莊炳輝不可置信，看著渡邊雪夫從容地大步走到他面前，胸前別著跟他一樣的兵長軍徽，刺痛著他的眼睛。

莊炳輝知道，最近從各地徵召了許多部隊加入沖繩的防禦，但他沒想到竟會遇上認識的人，而且好死不死還是曾經霸凌他的人。

進到軍隊裡後，莊才知道，以前在高雄中學校的霸凌根本是小巫見大巫，軍中的霸凌更爲兇猛。

隨著戰線擴大及戰況惡化，無法退伍的老兵以揍新兵發洩壓力，沒有一天不被打，而是得計算今天被打第幾次了的程度。

此霸凌風氣嚴重影響了軍裡的秩序，甚至逼得軍方不得不發出「禁止私人制裁」的通告，但並沒有什麼效果。

面對曾經的霸凌者，莊炳輝內心的自卑被喚醒了；面對渡邊的嘻笑嘲諷，莊依舊是敢怒不敢言。

莊萬分不解，自己明明位階和資歷都跟渡邊一樣，爲什麼還是無法反抗？只能受他毆打，好像這樣才是正確的一樣。

意識到自己的血液裡彷彿已經被植入了本能般的服從、奴化與自卑，令莊炳輝悲痛萬分。

「不過我懂，那個人真的很可怕。」

叫做佐藤岡的一等兵一邊擦汗一邊說，出身仙台的他很不習慣沖繩高溫多雨的環境。被徵召前爲二高學生，性格較爲天眞單純。有次被霸凌時，被莊炳輝救下而熟識。

「臺灣來的日本人比較特別啦！我也是來了內地才知道，原來不是所有日本人都這麼驕傲哩！」

另一位說話的是叫做吳阿介的軍屬，出身臺北州基隆郡。雖然階級最低，但年紀和戰場資歷都比莊和佐藤還要大，是如兄長般的存在。

兩位是莊炳輝在軍中時常一起行動的好友，都對渡邊的行徑憤恨不平。渡邊那滿口天皇陛下、高調狂熱的行爲與言論，在軍中也是異常顯眼的存在。

「唉，我們這麼辛苦，如果沒有被記入靖國神社，也太不值了，對吧？真希望這場仗快點打完，我回去後第一個看到的那個小姐，就要跟她結婚。」阿介認眞地說。

佐藤歪著頭，不解地問：「你們好奇怪，既然不想當兵，為什麼還要志願呢？哪像我，原本可以不用當兵的，結果……」他嘆了口氣。

佐藤體檢結果是第三乙種體位者，本應不能當兵，後來因兵源不足而下修體檢條件，他就被強制徵召入伍了。

面對佐藤的疑問，莊炳輝跟吳阿介互看一眼，堆起苦笑。

「當兵有很多錢拿啊……我是長子，要養家裡八個兄弟姊妹。」

聽到吳阿介的回答，佐藤驚訝地瞪大眼睛，他無法理解怎麼會有人僅僅是爲了錢，就冒著生命危險自願上戰場?他看向莊炳輝,希望能給一個他能理解的答案。

「我是因為……不想輸給日本人,想證明就算在戰場上,臺灣人也很厲害。」

結果莊的回答,令佐藤更加困惑地張大嘴巴。

「嘛,就是這樣,我們這邊很複雜啦。好了趕快睡覺,你體力已經很差了,再不好好養體力,小心被敵軍抓走當俘虜喔。」

吳阿介低笑著威脅,一邊狠狠地搓揉佐藤的頭,佐藤害怕地抖了下身子。

不一會兒,只聽見佐藤細小的嗓音飄了過來。

「等這場仗打完,帶我去臺灣看看吧!」

輕輕的咯咯笑語迴盪在三人之間。

＊

一九四五年四月,美軍從沖繩本島的中部海岸正式登陸。五月上旬,便已南進到首里地區,日軍以首里爲中心,與美軍展開激烈的陸上戰鬥。

不知道已經是第幾次的出擊,啾啾啾的鳥叫聲不絕於耳,那是一發發子彈劃過耳邊的聲音,伴隨著無盡的爆炸濃煙與天搖地動。

莊炳輝重心不穩地跨過無數具面目全非的屍體時,深深理解到,在戰場上倚靠的不是體力多好、武藝多強，而是「運氣」好不好。

「運氣」掌握了所有的生死。

不管你是出身多麼顯赫高貴的軍官、武道槍法多麼高強的士兵、或家財萬貫的平民，這些在戰場上毫無用武之地。只要一發小小的子彈，輝煌的人生便在那頃刻間終結，一倒，成爲路邊沒有人再多看一眼的廢棄屍體。

莊炳輝諷刺地發現，竟然在戰場上找到了他渴求已久的「平等」。

在一陣攻擊漸歇，莊炳輝回後方補給站想補充彈藥，發現補給站竟已遭到破壞，四周散落著許多屍體。

其中，他看到一個熟悉的身影趴在地上，心中奏起不妙的擂鼓，一翻身，發現果然是吳阿介。

「**啊！**」這一刻果然還是來臨了嗎？莊炳輝焦急地喊著，「**阿介、阿介！**」

阿介的喉嚨被子彈射穿，右腳的褲子也有大片血跡正在蔓延，但奇蹟似的竟還有一絲微弱氣息。

莊炳輝大喜過望，連忙背起阿介就想撤退，豈料不知從哪跳出一位士兵擋住去路：「在幹什麼！想從戰場上逃離嗎？」

「不是！他受傷了！我要帶他去治療！」

那人瞄了一眼吳阿介手臂上戴著的五角星型軍屬臂章，冷笑道：「怎能讓區區下等軍屬用珍貴的醫藥品。」

莊炳輝看那人的裝扮，應該是在補給站負責看管槍藥彈砲的管理人，也就是吳阿介的上司，一時怒火攻心，回嗆道：「你呢？毫髮無傷的，難道是怕得躲起來，然後眼睜睜看著補給站被敵軍破壞了嗎？你這才是怠忽職守、違反軍紀！」

那人被戳到痛處，嚇得一時語塞，莊炳輝趁機趕緊離開。

無視身後戰場上的砲火隆隆聲，莊炳輝背著失去意識的吳阿介，快步趕往附近的陸軍病院。

來到位於南風原的陸軍病院，莊炳輝這才發現，借用南風原國民學校校舍的陸軍病院，早在三月下旬就已被美軍的砲擊給燒毀，病院現在全數移到了黃金森山丘上的各個戰壕內。

現在他背著吳阿介，被帶到「南風原20號病壕」前。

這裡真的是「病院」嗎？怎麼看都只是個「洞穴」吧……莊炳輝愕然。

忽地，一股無法形容的惡臭竄進他的鼻腔，那味道濃烈又刺激，他一時忍不住，竟吐了出來。

一位穿著戰鬥服的少女見狀，立刻把吳阿介接了過去，彷彿完全沒有聞到惡臭般，涼涼地說了一句：「怕臭就不要進來了吧，士兵桑。」

只留下擦著嘴角的莊炳輝，一臉困窘。

當天傍晚，莊所屬的軍隊也撤退到了南風原附近，佐藤平安地跟莊重逢。晚上，莊想偷溜去看吳阿介，他山路走到一半，突然聽到一陣清脆優美的歌聲。

他好奇循聲走近，發現竟是白天那位少女，站在一處月光灑下的高地上歌唱。

「誰？」聽到窸窣樹叢聲，少女警戒地回頭，莊炳輝狼狽地從樹林中走出。

「是你啊，白天的士兵桑。」

「呃、抱歉……我、我只是路過聽到……那個，我只是想去病壕探望我朋友……」

少女從原先的一臉鄙視，瞬間瞪大眼睛。

「你在聞到那個味道之後，竟然還想進去嗎？」

「白天時是我太軟弱了，對不起。」

聽到這句，不知爲何少女突然笑了起來。

「哈哈哈！你為什麼要一直向我道歉呢？從沒看過像你這樣的內地人。」

「我不是內地人，我是臺灣人。」

「喔？」

少女不置可否，態度一百八十度大轉變，富饒趣味地直盯著莊炳輝看。

從來沒被女孩子這樣一直盯著的莊有些害羞，便岔開話題問道。

「妳、妳剛剛唱的那首歌……叫什麼名字？」

「行きゅんにゃ加那（要離我而去了嗎愛人）。」

「什麼？」

好像日語又不像日語的語言，莊一頭霧水，完全聽不懂。

無視莊的呆然，少女只勾起嘴角，大方地說：「我的名字叫比嘉由里子，請多指教。」

莊炳輝的視線彷彿被下咒般，定在她那沐浴著月光的笑臉，無法移開。

比嘉由里子隸屬於「姬百合學徒隊」，作爲看護輔助要員在這裡工作，主要內容爲照護傷兵。

她說，吳阿介緊急接受喉嚨氣管切開手術，雖撿回一命，但尚未恢復意識，要莊炳輝過幾天後再來。

幾天後，莊炳輝帶佐藤岡一起前往，不料佐藤在洞口就被惡臭熏到暈倒，比嘉只好帶著莊炳輝一人進去。

這次莊炳輝做了十足的心理準備，但還是忍不住捏住鼻子才能前進。

他進來後，才知道惡臭的來源，即是混合了傷患久未洗澡的汗臭、傷口化膿爛掉的臭味、醫藥品及火藥味、還有屎尿糞便所混合起來，是完全無法形容的味道。

病壕裡低矮又昏暗，通道也很狹窄，但在這狹窄的通道上，竟還設立了許多用木板搭建而成的簡易雙層病床，上層放重傷患者、下層放輕傷患者，僅留左邊不到一公尺的通道給人通行。

路途中，偶有幾位傷患看見比嘉，哀聲求救道：「學生桑，我好渴，給我水……」、「我好餓啊！」、「我全身癢到受不了了，救救我……」

莊瞥見一個個傷患：全身焦黑的士兵、沒有下巴的士兵、只有一隻眼睛的士兵、雙手斷面流著膿的士兵、臉頰長蛆的士兵、不斷喃喃自語的士兵……

莊自認在戰場上已看過無數具面目全非的屍體，但那些僅是驚鴻一瞥。在這裡，比嘉她們卻是必須一直照看著他們，對比嘉的精神力之強大，不禁肅然起敬。

他們沿著單行道走到一個十字岔路，這邊腹地稍微大一點，是進行手術的地方。

一位軍醫正準備用鋸子切斷一位躺在手術臺上的士兵的腳。

「**已經夠了！拜託！殺了我！直接殺了我！**」

「**混蛋！這點痛都忍不了，還算什麼帝國軍人！**」

軍醫大聲怒斥，然後是物體被硬生生切斷的聲音。士兵的哀嚎淒厲地響徹壕內，宛如地獄之聲陣陣迴盪。

「**因為已經沒有麻醉藥了。**」前方傳來比嘉痛苦的聲音。

直直穿過手術場後，比嘉在一個雙層床旁停了下來。

在壕頂小燈的照射下，莊炳輝看到吳阿介閉著眼睛躺在下鋪，喉嚨氣管被切開，隨著呼吸、規律地發出咻——咻——的聲音，右腳包裹著繃帶。

「……**阿介？**」莊猶疑一會兒，喚道。

過了幾秒，阿介緩慢地張開眼睛。因爲無法出聲，他只動了動左手食指，眼睛眨也不眨地凝視著莊。

「**阿介！**」莊忍不住嗚咽。

忽然，一顆頭從阿介的上鋪猛然探出，莊炳輝嚇了一跳，以爲是吵到了人家，正要道歉，那人卻只不悅地落下一句聽不懂的話：「什麼啊，原來不是同胞。」就縮回上層了。

是朝鮮人士兵，在軍中並不少見。

比嘉掏出紙筆給阿介，阿介用著微微顫抖的手、艱難地寫了幾個字後，遞給莊，上面歪七扭八的字體寫著：

謝謝你救了我　看到你還安好我就放心了

即使自己變成了這副模樣，卻還是如兄長般關心著他，莊炳輝終於忍不住低聲飲泣了起來。

戰爭從未停歇，但莊炳輝總會抽空偷偷溜去探望吳阿介，而比嘉也會盡量協助他。

比嘉告訴莊，她們學徒隊一天兩次，會走一條小山道去壕內送飯（說是飯，也不過是手指頭圈起來大小的一粒圓形飯糰而已）。在靠近２０號壕的入口，有個藏身在樹叢內的隱密小洞穴，是她偶然發現的「祕密基地」，偶爾低潮想要休息時，會偷偷躲到那裡喘一口氣。

五月下旬，沖繩進入梅雨季，連續十多天的豪雨，令戰場陷入一片泥濘膠著。

某天，莊炳輝跟佐藤，冒雨走在比嘉告訴他的送飯小徑上，準備前往病壕，卻發現前方走來兩位抬著木桶的女孩，前面那位抽抽搭搭地哭著，後面那位就是比嘉。

比嘉一看到莊，原本防空頭巾下凝重的神情，一瞬間變為驚訝、再轉成泫然欲泣的表情。

「莊桑，你怎麼還在這？」

「我、我想去探望阿介……」

比嘉混著鼻音，大聲喝道：「笨蛋！已經下令全部撤退到摩文仁了，你不知道嗎？」

莊炳輝與佐藤兩人一驚，萬萬沒想到美軍進攻的速度這麼快。

此時美軍已經攻進到了那霸市街，幾乎已控制住首里地區，司令牛島滿即刻下令，全軍含醫護撤退至南部的摩文仁地區。

「那阿介他——」

比嘉從懷中拿出一個小盒子。

「這是吳桑要給你的，裡面放著他的頭髮和指甲，希望你幫他帶回臺灣。」

「阿介怎麼了？快告訴我……阿介怎麼了啊？」

比嘉抹去混著雨水的眼淚，無力地喃喃：「傷患們無法移動……為了不被俘虜……他們把氰化鉀加進牛奶裡……反抗者就用槍……」

說到這裡，另一位女孩哭得更加大聲。莊炳輝全身竄過一陣強烈雞皮疙瘩，一旁的佐藤發出一聲悲鳴。

「聽說敵軍就快要來了，你們趕快回到隊上，我們也要隨軍撤退了，可能不會再見面了……」

比嘉語氣中透著一絲不捨，她從懷中掏出一條白布，遞給莊炳輝。

莊一看，發現竟是「千人針」——日本女性送給即將出征的士兵用的護身巾——他曾在高雄街頭看過幾次，要路過的女孩幫忙縫上一針的愛國婦人團體，但在臺灣人間並沒有這種習俗。

「我聽說要一千個人縫，但我找不到這麼多人，縫得也很醜……但希望你能帶著它。」

莊正想開口說些什麼，忽然從前方傳來砲擊聲響，小徑劇烈搖晃了起來。

莊要她們盡快離開，並留在原地掩護。

比嘉離開前，回頭深深看了莊炳輝一眼，接著便消失在絲絲雨幕之中。

爆炸聲越來越頻繁，整座山頭不停搖晃，莊與佐藤循聲悄悄往源頭探查，在小徑的盡頭看到一個士兵躺在地上。

「喂……那不是渡邊嗎？」佐藤驚恐地說。

奉軍令爲圭臬的渡邊會在這裡，確定了前方一定有戰場。砲擊彈的碎片咬進了渡邊的左肩，昏迷不醒。

這一瞬間，莊炳輝內心天人交戰。

現在該做的就是與佐藤兩人立刻返回後方，隨軍撤退……更何況這人還是渡邊，放著不管他必死無疑，這不就是自己一直想看到的嗎……

「不能放著他不管！」

瘦弱的佐藤拚命想把渡邊抬起來，這幕觸動了莊的內心深處，下一秒莊便將手繞過渡邊的肩膀，將他一把架起。

此時，砲擊聲在小徑後方不遠處爆炸開來，莊低聲對佐藤說：「我知道有一個地方可以躲，跟我來！」

他們找到了比嘉曾告訴莊的「祕密基地」，是個被荒煙蔓草覆蓋的天然壕。

前腳才剛躲進去，幾位美軍便出現在洞口。

莊炳輝他們屏住氣息，從洞內小縫看到美軍用火焰放射器，朝阿介所在的20號病壕內大肆噴射。

幾乎密閉的病壕瞬間成了大型悶燒爐，壕內傳來幾聲微弱的尖叫，即復歸平靜。

即使是豪雨也無法澆熄的熊熊大火，直撲而來的熱氣，刺激著莊炳輝與佐藤的眼睛不斷流淚。他們掩住口鼻，想要遮住嗆人的黑煙，以及悲痛的呻吟。

阿介，我絕對不會讓你死在異地，一定會把你帶回臺灣的！

南風原地區已然被美軍包圍。

莊炳輝本想趁入夜後，靠著夜色離開，但佐藤擔心渡邊的傷口不容久拖，於是兩人決定等雨小一點，就藉著陰暗的雨天掩護逃出。

「佐藤啊，你這善良會害死你自己的！」

要不是爲了救渡邊，兩人現在根本不會落到這般境地：不僅跟軍隊脫隊，還帶了個傷患潛伏在敵軍的陣營中……這怎麼想也太「絕體絕命」了。

但佐藤卻用異常認眞的表情回道：「就算是那樣也沒關係！既然可以救人的話，我一定要去做！我一點也不想殺人，我好怕上戰場……但在這裡如果不殺人的話……」他痛苦地停頓了一下，接著苦笑，「不過我也只是嘴巴講講大話，根本什麼都辦不到就是了。」

如果沒有莊，以他的體力，根本救不了渡邊。

就在莊炳輝想說點什麼的時候，洞外忽然傳來腳步聲逼近。

兩人停止呼吸、扼殺自己的氣息，順便以最輕微的動作蓋住渡邊的口鼻。

莊不經意地往外一瞥，驀然對上一雙藍色的眼珠子。

背脊瞬間發涼，莊炳輝嚇得移不開視線，兩人就這麼對視了幾秒。

接著，莊震驚地發現，那美軍眼神閃爍，遲疑了下，便走開了！

不可能沒看到，他們對視了這麼久……是故意放過他們的嗎？

——爲什麼？怎麼會？

從未想過的遭遇，強烈衝擊了莊炳輝的價值觀。

至今以來被教導的「鬼畜米英」、「被俘虜會被凌虐致死」、「他們就是要來把日本人全都殺光」等等的殘暴敵軍形象，正一點一滴慢慢崩解著。

之後，莊炳輝和佐藤帶著渡邊，奇蹟似地與軍隊會合，一同撤退到了摩文仁山丘——沖繩戰役中最後的戰場。

沖繩南部是人口密集區，當日軍把戰線拉往南部的摩文仁時，便注定了平民百姓被強制捲入戰火的悲劇。

軍方下令「軍民一體」之命，平民百姓必須竭盡所能協助軍隊，不管是供出家屋、民生物資、醫療用品、糧食飲水……甚至將自己的兒女送上前線當看護婦或士兵。日軍物盡其用，做著困獸之鬥。

但美軍已經開始有餘力投下大量傳單，並不斷用大聲公勸誘著日軍投降。面對美軍壓倒性的優勢，日軍幾乎已潰不成軍。

身上帶著吳阿介的遺髮，莊炳輝已經不像以前力求英勇表現，而是想盡辦法在激烈的戰場上活下去。

某日，莊炳輝跟佐藤爲躲避砲擊，躲進一個洞窟裡。摩文仁山丘擁有許多珊瑚礁形成的天然洞窟，主要做爲學徒隊醫療看護之用。

在這裡，他看到了一位熟悉的身影——比嘉由里子！

喜出望外她還活著的同時，也察覺到了現場詭異的氣氛，似乎就要一觸即發。

洞內殘存的士兵，對著學徒隊及避難的平民說：「我再說一遍——現在就地解散，之後行動自行判斷。」

現場立刻浮起一片騷動混亂。

「解散？是要我們自生自滅的意思嗎？」

「為什麼？已經打輸了嗎？明明這麼努力……」

「我們可以逃去哪裡？外面可是戰場啊！」

「可以投降嗎？投降的話，應該——」

砰！一發子彈打在堅硬的珊瑚礁岩天花板上，反彈滾落到地板，在寂靜無聲的洞窟內清晰可聞。

「混蛋！竟然想投降？你們這樣還算是天皇陛下的赤子嗎！以為投降敵軍就會饒你們一命是大錯特錯！他們只會強姦、玩弄、羞辱你們，最後再把你們殺了！與其被敵軍俘虜，不如在這裡給我玉碎！」

會說出這種話的人，就莊炳輝所知，只有一個人——莊看到垂著纏繞繃帶的左肩，渡邊雪夫右手拿著槍口冒著細煙的槍，怒視著眾人。

此時一位婦女懷裡抱著的嬰兒，被槍聲與渡邊的怒吼，嚇得哇哇大哭了起來。

「該死，是想被外面敵軍聽到嗎！」

渡邊立刻將槍口指向那個嬰兒，婦女嚇得尖叫。

莊炳輝還來不及動作，比嘉由里子已經擋在了那對母子的前面。

「讓他安靜，讓他死，二選一。」渡邊靜靜地說，嬰兒哭得更加大聲。

「大家都在忍耐著啊！已經到極限了啊！我不懂……我們還不夠努力嗎？為什麼你們要一直殺掉我們努力救回來的人？為什麼要逼迫我們到這種地步？」

「閉嘴！妳這區區琉球人！能為天皇陛下盡責，是你們琉球人的榮幸，妳要搞清楚。」

渡邊譏笑。

比嘉的眉毛抽動了一下，「如果強迫我們玉碎……就是你們所謂的『天皇陛下的赤子』的責任，那天皇……」她的聲音在顫抖，「還真是位可惡又殘酷的——」

時間好像慢了下來，莊炳輝瞪大眼睛，看著子彈慢慢地、慢慢地從他眼前劃過……直直射進了比嘉的胸膛……驚恐定格在她的臉上……身子緩緩倒向後方……躺在地上，頭一歪，再也沒有動過。

時間猛然回復正常，尖叫聲四起，學徒隊及平民們終於崩潰，紛紛趁亂逃出洞穴。

他們已經瞭解到，既然在這裡會被發瘋的士兵殺死，還不如出去尋找一線生路。

「佐藤！保護地方人[29]！」莊炳輝大吼。

---

29 「地方人」為日本軍方對民間人士的稱呼。

佐藤點了點頭，毫不猶豫地快步護送民眾出去。

莊炳輝再也按耐不住，從他第一次被渡邊推在高雄中學校舍牆上以來，多年累積下來的怨氣與不滿，終於在此刻一次爆發！

他衝上前去，奪下渡邊手上的槍，把渡邊狠狠地一拳揍飛出去。

「哇！士兵大人們瘋啦！開始起內鬨啦！」殘存在洞內的人們驚恐不已。

莊憤怒到眼睛充血，咆哮道：「虧我們還救了你！你這個忘恩負義的卑鄙傢伙！」

渡邊屈辱地大吼：「我從來就沒有叫你救我！」

莊炳輝發瘋似地對渡邊拳打腳踢，腦海中清晰地閃過片片殘象：在高雄中學校武道館的牆上，他被打得七葷八素，被警告不能贏日本人；他買了日本人不愛吃的伙食，被謾罵了一整天；被高聲刺耳的嘲笑圍繞，他在校長室門外緊握拳頭；在軍隊中，被甩巴掌甩到腦袋暈暈作響；月色下那一抹銀白色笑臉，淒美的旋律餘音繚繞……

莊炳輝的手染上斑斑血跡，但他完全感覺不到一絲痛楚。

最後，他用被淚水模糊的視線，瞥了眼躺在地上的比嘉由里子後，拋下滾在地上呻吟的渡邊，隨即衝出壕外。

外面戰場有別以往清一色的士兵，更有許多穿著戰鬥服的女學生及平民的屍體散落在地上，宛如地獄繪卷。

莊炳輝焦急地尋找佐藤岡。

突然，他踉蹌了一下差點摔倒，莊炳輝回頭一看，發現他的腳被一個面朝下的日軍屍體的手勾住了。

他頓時生起一股不祥預感，就像當初發現吳阿介一樣，他顫抖著雙手把屍體翻面——看到佐藤兩眼瞳孔散大、無神地回望著他。

而他的底下緊緊護著的，則是一個不知陷入昏迷抑或是陷入沉睡的小嬰兒。

莊炳輝仰天發出一聲哭嚎。

佐藤你這笨蛋！你這不是完美地救了人了嗎！

莊抱起尚存一息的小嬰兒，想撤退到安全的地方，卻看見前方不遠的海岸懸崖邊上，日軍疑似威脅著平民縱身往底下跳。

佐藤用生命救人，卻有人趕著自殺！他一時氣憤難耐，直奔前去阻止。

沒想到待莊趕到懸崖邊上時，已經一個人都不剩，只空蕩蕩地吹著陰風。

當美軍的M4戰車從正後方緩緩駛來的時候，莊才理解爲何他們跳海的速度突然加快。

幾位美軍舉著槍，躊躇不前，因爲他們看到莊炳輝懷中抱著嬰兒，不敢輕舉妄動。

莊炳輝見狀，腦子裡突然閃過了一雙藍眼睛。

——他決定賭一把！

莊炳輝把身上的武器全部往後扔到海裡，一手抱著嬰兒，另一手從懷中掏出一條白布——即比嘉由里子送給他的千人針巾——小心翼翼地揮舞。

這是舉白旗，代表投降之意。

雙方僵持了幾秒，莊炳輝看美軍幾人互相點了個頭，一位美軍放下了槍，慢慢地朝莊接近。

就在莊把懷中的小嬰兒交給美軍後，忽然從旁傳來一聲破音高喊。

「大日本帝國萬歲！天皇陛下萬歲！」

渡邊雪夫狂亂地揮舞著武士刀，發瘋似地從一旁猛然竄出，朝莊炳輝衝撞了過來。

時間又再度慢了下來——當莊炳輝回過神來時，他發現自己在慢速下墜——他被渡邊撞下了懸崖。

他抬頭與懸崖上的渡邊四目相接，兩人都驚駭地瞪大眼睛——

只聽見一道響徹雲霄的砲擊在懸崖上爆開，莊炳輝沉入了無聲的海洋之中。

＊

「喂……你還活著吧？喂！」

一聲呼喚，把莊炳輝從回憶的浪潮中拉回，他發現自己正被一個人拉上岸。

我還活著。

再度意識到這個事實時，他又想哭了，好像要把這輩子的眼淚都流光。

那位使盡力氣把莊炳輝拖上岸的人，是一位叫大田昌秀的日軍，際遇跟莊很像，在腹背受敵的情況下，唯一的活路就是縱身往海裡跳，把命運交給「運氣」。

看來他們兩人運氣都很好。

莊炳輝把手伸進懷中，緊握住吳阿介的盒子，發誓接下來不管用什麼方法，絕對要活著回到臺灣！

＊

謝清田穿著寶藍底滾白邊、大領口的海軍水手服，驕傲地拉拉上面寫著「大日本帝國海軍」的帽子。

哇！眞的是太帥、太好看了！我終於當上海軍了！

以前在街上看到漂亮神氣的海軍制服，現在終於也穿在自己身上，阿田欣喜若狂，內心騷動著從未有過的被肯定感與成就感。

阿田在臺灣剛開始實施海軍特別志願兵的時候，就有志願過一次，但落選。當時他還以爲是自己國語不好、不夠皇民化、沒資格當日本人的關係，著實難過了好一陣子。

不過他不放棄，第二次終於讓他成功選上。他還記得自己接到錄取通知書的時候，開心得差點哭了出來，雖然阿爸臉色鐵青。

一九四五年一月，謝淸田以第五期海軍特別志願兵的機關兵身分，進入位於左營的高雄海兵團，接受爲期四個月的專業訓練。

只是當他進來後，才發現要穿上這件海軍制服的代價，遠遠超出他的想像，抑或是說，跟他想像的完全不一樣。

除了艱深的機輪構造、引擎維修、摩斯密碼、旗語……等專業訓練需背得滾瓜爛熟外，最可怕的是海兵團裡，如吃飯喝水般頻繁的「教育制裁」。

常以連坐責任的「團體制裁」實行，已達殺雞儆猴之效。一人出錯，全隊隊員都要一起處罰。

體罰方法五花八門，打下顎、彈耳朵、扭鼻子……最常見的是用名叫「精神注入棒」或「改心棒」的木棍打屁股，是海軍獨特的傳統，宣稱打在身上就是注入「海軍精神」。

有一次，別隊有個叫吉田的，以嘻笑的態度唱著海軍軍歌「月月火水木金金」，被教育班長聽到，盛怒之下全隊改心棒伺候，一人打三下，吉田打十下，但他被打到第八下時就暈倒了，灌水後繼續打，最後被打到下半身不遂，勒令退團。

還有一次部隊集合時，要他們必須一字一句按照原文、背誦出《軍人敕語》，隊內士兵的國語程度參差不齊，於是背不出來的人被打下顎，打到牙齒斷掉、滿嘴都是血。

「連《軍人敕語》都背不出來，算什麼大日本帝國軍人！」

「你們就只有這點能耐，到哪裡都是一樣爛！」

「無法為天皇陛下奉獻的人，生命毫無意義，好好記住這點！」

每天遭受言語霸凌，其精神與肉體上受到的折磨之大，令阿田他們幾乎每個晚上都會躲在棉被裡偷哭，甚至還有人不堪其痛苦而自殺。

「**阿田，你的屁股烏青到整個烏趖趖。**」

阿田趴在床上，隔壁床鋪的室友——一位叫橫山明雄（本名黃明祐）的臺中人——正在用藥草幫他敷屁股。

「**幹！到底是誰偷我餐具，我詛咒他不得好死！**」

軍隊裡所有備品均嚴加控管，若有短缺勢必受罰，故軍隊內偷竊是層出不窮。

阿田白天在洗餐具時，湯匙不小心掉到地上，他彎腰去撿，起來時放在洗手臺的其他餐具已不翼而飛，於是他就被「丟」了兩支棒子。

「**我上次也被偷了一件汗衫，我就去偷了別人的回來，就沒事了。反正他們也說：**『不會偷東西的人，沒資格當海軍』嘛。」

「**好，那我下次也要偷別人的——啊好痛……**」

阿田痛得齜牙咧嘴，眼角泛淚。

屁股被打成這樣，既無法躺著睡覺，也無法正常走路，眞的生不如死。

「**我跟你講，被打的時候，手要往前著地，如果是彎九十度姿勢，就要盡量把屁股抬高，**

讓他們打屁股肉最厚的地方，就不會這麼痛了。如果被打到腰吼……嘖嘖，就完了。」

兩人一起回想起吉田事件，不寒而慄。

屁股敷完藥草後，阿田覺得舒緩不少，非常感謝橫山。

在軍中，要是沒有同伴互相扶持（跟擦藥），實在很難撐下去。

橫山才剛新婚，來當海軍的理由是戰爭時期找不到工作，就來當兵看看有沒有比較好，閒暇之餘就是寫寫情書給妻子。

「**唉，好想回家啊！**」橫山邊感嘆，邊寫了這句在信上，「**早知道會這麼辛苦，就不要報名當什麼兵了。**」

「噓——」阿田誇張的噓聲，惹來其他床鋪的人的側目，他壓低聲音提醒，「**我覺得你寫那句可能不會過，不要寫比較好啦。**」

凡是從軍中寄出去的信，都要經過嚴格的內容檢查。

「**我已經不想再寫什麼**『晝夜勤於演習，請勿掛心』**之類被規定好的內容了！我就真的很想回家、很想她，我不想再說謊了！**」

這次橫山不顧反對，執意寫下。

結果，信當然是沒有通過檢查，橫山也被打到下巴腫起來、連進食都很困難。

經過這次事件後，阿田隱隱覺得橫山好像有點變了，變得疑神疑鬼、好像在策劃什麼。

直到離結訓剩不到兩週的時候，某一天早上起床時，阿田發現橫山的床鋪空空如也，他以爲橫山只是先到廣場做早操了，但直到吃完早飯都不見人影。

等到集會時，長官集合大家宣布，阿田才知道——

橫山逃兵了。

橫山是趁著半夜逃兵的，但第二天天亮不久，就在岡山被抓到了。抓回來後，他被棒子打到昏倒，潑水弄醒後繼續打，現在關禁閉中，生死未卜。長官宣布完後，出乎阿田意料的，隊上大家的反應不是憤慨或憐憫，更多的是厭惡及淡然的情緒。

因爲橫山一人自私，自己將無故跟著受罰的對橫山的厭惡；因爲習以爲常的處罰，而麻木不仁的淡漠。

不管怎樣不合理的命令，都要絕對服從、上下關係嚴謹的日本軍隊裡，日復一日的嚴刑及操練，剝奪了士兵們的思考能力，腦袋時常處於空白空虛的狀態，漸漸變成只聽命於上層、是非不分、沒有思想的殺人機器，這就是軍隊最可怕的地方。

阿田在面對軍中毫無道理的體罰與霸凌時，總會不斷在內心自問：爲什麼我必須接受這種指導？爲了說服自己，也必須不斷編著理由：這都是爲了國家、爲了戰爭勝利。

即使無能爲力，他從沒有因爲無法改變，就停止思考、停止抱怨。

或許是因爲橫山是他最好的朋友，好好的一個人卻被打到半死不活，他想替好友抱不平；又或許是，曾有人這麼對他說過——

「阿田聽著，不要習慣這種事，遇到不合理的事就要挺身反抗，如果什麼都不做，難道一直給人欺負到死？」

「太奇怪了，在我的時代，反而是第一個站出頭的人會被當英雄呢！」

好像已經是很久很久以前的事，那個少女大步向前、毫不畏懼的背影，此刻鮮明地浮現在他的眼前。

於是，阿田入海兵團以來，累積的所有不滿及疑惑，就在教育班長手拿又長又粗的改心棒走到他面前時——

「好奇怪……」

「什麼？」

「有必要做到這種程度嗎？這樣、真的太奇怪了吧！我們到底是為了什麼……」

終於化作兩句呢喃般的低語，第一次流洩出口。

全場鴉雀無聲——下一秒阿田的視線天旋地轉，他已經被丟在地上。

「你、你你這傢伙！在說什麼呢！」

從來沒有人敢起身反抗，就算是用言語，也沒人敢做到。

第一次遇到這種情況的教育班長先是一愣，接著瘋狂地揮棒毆打阿田。

「哪裡奇怪？逃兵才是屈辱、違反軍紀，不配做大日本帝國海軍！哪裡奇怪？規定就是這樣，說你有錯你就是有錯！誰准你說話？誰准你頂嘴？為了我們天皇陛下，為了我們大日本帝國的勝利，你還不懂嗎？看來你海軍精神還不夠，我今天就要打到你夠為止！肯打你，還要感謝我呢！」

阿田把全身的力氣都用在橫山告訴過他的：盡量把屁股翹高，讓他們打肉厚的地方。但即使如此，阿田還是被打得無法呼吸，就像砧板上的肉一樣，全身就要散成一塊一塊。

就在意識快要遠離之際，從旁傳來一道富有威嚴的嗓音。

「這裡發生什麼事了？」

「啊，分隊長……這傢伙剛剛竟然……」

恍惚中，阿田聽到那嗓音輕笑一聲：「喔？真有膽量……是貴重的人才。」

「咦？您這是什麼意思……」

有膽量？是在說我嗎？阿田的雙眼逐漸失焦。

在故鄉幾乎是以膽小鬼著稱的他，第一次聽到有人說他勇敢呢！

我終於……也當了一回英雄了嗎……？

嘴角不由自主地扯了一下，隨後失去了意識。

阿田躺了整整三天，等到他能下床走動時，已近結訓。

聽說橫山留下了後遺症，需撐拐杖才能行走，於是跟吉田一樣被勒令退團了。

阿田內心五味雜陳，一方面覺得悲痛，一方面又為橫山終於如願以償、可以回家跟家人相聚而高興……而不用像他現在一樣，緊張萬分地準備聽取結訓後、即將被分發到的新單位。

「你們被分發到了水上特攻隊。」

聽到「特攻隊」三個字，阿田與在場的人互相對望，每個人臉上都掩不住驚訝，頭皮陣陣發麻。

＊

水上特攻隊，正式名稱為「震洋特攻隊」。

是日軍戰爭末期開發出的最新武器，即以人肉炸彈——海軍航空員乘著搭載兩百五十公斤炸藥的震洋艇，衝向敵艦——的自殺攻擊，為空中「神風特攻隊」的水上版。「震洋」一詞，取自明治時代的軍艦「震洋艦」，帶有「一發必中，擊沉敵艦，震撼太平洋」之意。

雖說是「最新武器」，但其船體僅以輕薄的三夾板製成，船身構造小而簡單，出海時船內還會滲水。搭載的TOYOTA引擎因燃料不足，也僅能發揮十五海浬左右的速度，比一般快艇還要慢，顯見日本戰爭末期各式資源幾已窮盡。

謝清田被編入了第二十一震洋隊，部隊長為竹內中尉，故又名「竹內部隊」。部隊裡有餘百名的日本人，卻只有四名臺灣人，在這裡清田認識了新竹州出身的陳金村。

部隊營舍設於高雄左營舊城南門旁的芒果園裡，營舍旁的芒果樹很大顆，清田與金村經常抱著樹幹搖一搖，碩大的芒果就如落葉般一顆顆掉落，可以大快朵頤一番，不過偶爾吃到沒熟的，便會酸得嘴巴都麻了。

隸屬於特攻隊，部隊的日常生活及伙食待遇可謂最高級，還有御賜香菸可以抽，於是人人幾乎休息時都在抽菸，也就衍生出「巡檢結束，拿出菸灰缸，明天照表操課」這句明示休息時間開始的海軍獨特用句。

唯一缺的就是酒。沒有酒喝的時候，他們會利用酒精來「製酒」。將酒精倒入鋁製洗臉盆裡點火燃燒，酒精蒸發後便用毛毯將盆子蓋起來，最後再放入糖攪拌，當做酒喝。即便製法簡陋，也還是會喝醉，有一次他們就曾不小心喝醉酒，甚至還跟隔壁的薄部隊隊員發生了衝突。

清田他們機關兵主要的工作，就是維修保養震洋艇的引擎機體。

白天，他們一群穿著作業服的整備班，坐著吉普車，碰碰碰地開到位於高雄港壽山下，海邊的格納庫山洞基地，裡面就是一艘艘放在臺車上的震洋艇。

晚上，為了躲避白天的空襲，則是攻擊訓練的出海操演。

震洋艇正式出戰時是單人操作，只有訓練時搭載雙人，駕駛員在前、清田他們整備員在後，以利訓練過程中，船若出了問題可以馬上處理。

日本人駕駛員他們都穿著飛行服，是袖臂上繡有臂章的航空兵，非常年輕，都只有二十多歲。

清田雖然想當日本兵，但也不想死，所以他很想知道他們這些日本人「特攻隊員」的心情是如何？卻從來沒有勇氣開口問過。

只有一次，在一次攻擊訓練的空檔中，清田藉著在黑夜中一閃一閃的摩斯信號的燈光，看到他的駕駛員偷偷地在船艙內刻字。

結束後，清田按耐不住好奇心，一看，發現是「さくら」三個小字。

到底是感嘆自己如櫻花般即將凋零的短暫人生？還是喜歡的人的名字？

清田無從得知。

平常清田他們都在山洞內工作，當空襲警報響起時，他們就會跑到壽山上觀望，有人甚至開始數起美軍共投下了幾顆炸彈。

謝清田遠眺著高雄市上方，那空襲後的漫天濃煙，氤氳在空中久久不散，想著那底下也許有自己的家，不禁濕了眼眶。

那時是一九四五年，七月。

＊

拜啟

白露時候，高雄還吹著夏風，不知道妳是否平安？

八月十五日當天，我跟幾位同學聚在一起聽天皇陛下的玉音放送。雖然收音機雜訊十分嚴重，斷斷續續聽得不是很清楚，但唯一能知道的是，戰爭「結束」了。

我們這麼努力的結果是輸是贏？沒有說。但我想，一定是戰敗了吧。

在場的女孩她們都哭了，但我卻沒有哭——因為我早就知道了。

哥哥出征那天，他曾摸摸我的頭說：「再忍耐一下，戰爭很快就結束了。」

我不知道為何哥哥能如此篤定？但他從不說謊，所以我相信他，果然被哥哥給說中了。

高雄被炸得殘破不堪，幾乎要夷為平地，一到晚上就陷入無邊黑暗，只聽得到陰風吹過空洞的斷垣殘壁、發出像人哭嚎的聲音。

看看我們，是多麼的滿目瘡痍啊！

直到八月底，電力終於恢復。當我看到路燈在街頭一盞盞亮起來的時候——我才第一次哭了出來。

啊，戰爭真的結束了！

再也不用偷偷摸摸地躲在黑漆漆的防空燈泡下生活了，世界充滿一片光明！

爆竹聲此起彼落地響在大街小巷，有人欣喜若狂地用臺灣話沿街大喊：「終於不用再說日本話啦！」

對比徘徊在街頭愁雲慘霧、不知所措的日本人們，我受到了極大的衝擊。

一個月前，大家不是還齊心一起努力嗎？怎麼一個月後，就「變臉」了呢？

高雄街頭開始瀰漫著一股詭譎的氣氛，各地陸續傳來日本人被毆打的消息。

我曾在街上看到一群人對著身形一胖一瘦的警察窮追猛打，尤其是瘦的那位，更是被打到滿身血流不止，聽說那位是臺灣人。

某天，我聽到屋頂上傳來叩叩叩的聲響，發現是小孩子把石頭丟上來，一邊在外面喊著：「內地人再怎麼神氣也沒有用啦，日之丸的旗子還不是變成白旗！」

就連小孩子也這樣……我才驚覺，一直以來臺灣人受到了多麼大的壓迫！壓迫著你們即使憎恨著日本，也不得不擺出笑臉迎合。

我想你們從來沒有「變臉」，現在這些激烈的反動跟情緒，才是你們的「本性」吧。

而我，對於自己從來沒有察覺過去生活的社會體制，是多麼扭曲、巨大到我渾然不覺其中竟有著如此「差別待遇」的結構，覺得非常羞愧。

我一直認為臺灣人也是日本人，我們是同一陣線的夥伴，但隨著日本戰敗，「差別待遇」的結構便硬生生地浮上檯面，自作自受地報復到我們身上來了。

小雲，若我的態度，曾經無意間傷害過妳，還請原諒我，我不是故意的……但或許就因為「不是故意的」，才更顯得我很可惡吧？對不起。

人力車的王福油桑安慰我，他說：「臺灣人跟日本人，都有好人跟壞人……至少，我認為小宮桑是好的日本人。」

即使他可能跟大多數臺灣人一樣沒有說真話，但他的溫柔，還是令我忍不住哭了。

王桑說，他只希望接下來臺灣能由臺灣人來管。

我心想，所以是想要臺灣獨立嗎？但是安藤總督已在收音機裡明確發表聲明：「絕對不容許任何內地人及本島人從事本島獨立運動。」這樣你們要怎麼辦呢？王桑只落寞地笑而不答。

不管臺灣能否獨立，我都衷心期盼著臺灣與臺灣人的幸福——還有妳的幸福。

小雲，妳知道嗎？當時，哥哥從京都考試回來後，不知為何，突然買了一堆《民俗臺灣》的雜誌，好像想要知道臺灣人的婚宴習俗的樣子？那應該是我看過哥哥最興奮、最有元氣的時候了。

之後，妳被警察抓去，哥哥去接妳，明明有帶傘，卻是淋雨回家的，那表情好像世界末日一樣，一向嚴以律己、健康的他回來後還生了場大病。

那段時間，我從沒看過哥哥那麼煩惱消沉過，他總是下課後就去振武館練劍道，練到滿身大汗、筋疲力盡，好像想發洩什麼或忘掉什麼？問他跟誰打，他說跟神先生。

哥哥在一畢業後就立刻被徵召了，因為是軍事機密，我們都不知道哥哥去了哪，不過他寄回來稀少的明信片中，最後總會加上一句：今天天空的雲如何呢？

只有我知道，那是他想要知道妳的情況的暗號。

在我寫這封信的時候，還沒有收到哥哥的任何消息，不過我相信他一定會平安回來的。

父親說我們會回日本……代表我要離開臺灣、回去我從未去過的「故鄉」了，但對在臺灣出生長大的我來說，只有高雄才是我唯一的「故鄉」，這點一輩子也不會改變。

我們不知道什麼時候會離開臺灣，所以這封信，我原本想交給謝氏兄妹，請他們幫我代為轉交給妳，但去到他們家的時候，發現竟已人去樓空。隔壁好心的人告訴我，他們把這裡賣了，好像搬去臺南了。

感到一陣寂寞之餘，只好託付給王福油桑，希望他能把信交給妳。我由衷為自己的任性與無力感到抱歉。

希望下次見面的機會很快到來。

昭和二十年九月八日　臺灣高雄　小宮愛

第十章

尹若雲睜開眼睛，醒了。

她迷濛地坐了起來，有點分不清楚自己現在到底在哪裡，只確定自己做了一個很長很長的夢。

但她越回想夢的細節，就像手捧流沙般，夢的記憶毫不留情地迅速流逝。尤其她觀望四周、腦中流入更多現實訊息後，夢的記憶又被沖得更淡了。

啊……感覺眞的是個很龐大的夢，頭有點痛。

若雲皺起眉頭、按按太陽穴，發現自己坐在一間空無一人的展場地板上。

這時，一位胖胖的保全現身在展場入口，驚呼一聲。

「哎唷！怎麼還有人……我們已經閉館了喔。」

「咦？閉館……現在幾點了？」

「什麼？」

見保全眼神慌張地飄移，若雲不解，只好再問一次：「現在幾點了？」

保全明顯鬆了口氣，大聲說：「已經六點啦！」同時疑惑地喃喃眞是奇怪，剛剛閉館前巡邏時明明沒看到妳啊，是躲在廁所嗎？

「總之我們已經閉館了，還請不要再逗留囉。」

「啊！不好意思……現在就出去。」

若雲還有些恍惚，總之先從口袋拿出手機確認，發現竟然有六通未接來電，其中五通是她的青梅竹馬打的，剩下的一通，是家裡打來的。

家裡？若雲皺起眉頭。

若雲母親陳美玉沒有手機，生活也很單純，不是家裡就是宮廟，母女間幾乎不會連絡，阿嬤更不會打電話。那這通從家裡打來的電話，是誰打的？若是媽媽打的，那應該是發生了什麼緊急事？

她快速出了歷史博物館的大門口，想起她的確中午爲了躲太陽而進來吹冷氣的事。

但隱約又覺得，這裡的景色好像原本不是長這樣。

雖然感到各種異樣感，但家裡來的電話讓若雲十分不安，於是沒想太多，連忙趕回家。

當她抵達家門外時，從一樓窗戶看到屋內一片黑暗。

這時間，媽媽應該已經回家了才對啊！

她迅速入了家門，打開燈，發現客廳依然一片杯盤狼藉，但不見媽媽、更不見阿嬤的身影，只看到桌上多了張紙條。

——回家後，到大同醫院來。

當若雲匆匆趕到醫院時，她才發現自己根本不知道該去哪個科？醫院這麼大，是要去哪裡找媽媽跟阿嬤？面對櫃檯值班護理師一臉「不要浪費我時間我很忙」的臉，她手足無措。

只要手機一撥、訊息一發就可以立刻連絡上本人，沒有手機眞的是太不方便了……嗯？我好像也曾這麼抱怨過？

若雲陷入瞬間的既視感中，此時護理師蹙著眉頭，嘆口氣道：

「不然告訴我患者名字，若有住院，也許可以查到房號。」

「喔……呃……」奇怪，阿嬤名字叫什麼來著？

正當若雲覺得自己快被趕出去的時候，若雲母親陳美玉此刻神救援般出現，往櫃檯這疾走了過來。

「妳怎麼現在才來！打妳手機沒接是在幹嘛？」

「呃，我……在博物館看展，手機關靜音，沒注意到。」

美玉翻了個大白眼，歇斯底里地斥責，「給妳手機一點用也沒有！阿嬤病房在這邊啦！」

她領著若雲走在醫院走廊上，醫院內獨有的消毒水氣味纏上若雲的鼻子，令她不安地問：「阿嬤……怎麼了？」

「跌倒了。」

「跌、倒……？」

「妳以爲她幾歲了？老人跌倒很嚴重的。」

若雲立刻閉上嘴巴，隨著美玉帶她到病房內。

看到阿嬤躺在病床上，淺淺地睡著，若雲內心鬆了一口氣。

「醫生叫我們做好心理準備。」

彷彿讀到了若雲內心的想法，美玉看也不看她地逕自說。

「咦，可是阿嬤看起來……好像還好？」

「撞到頭，醫生說是急性腦出血，隨時可能會走。」

兩人陷入沉默。

若雲內心非常複雜，她想起自己今天出門前對待阿嬤的態度，罪惡感激烈得令她反胃，但同時內心深處又覺得——

「走了也好，已經受夠了……」

若雲還以爲自己不小心把內心話說出口，卻發現是一旁美玉的自言自語。

美玉面無表情，看著躺在床上那張垂滿皺褶的臉。

有同樣想法的若雲難堪地低下頭。

是啊，她眞的也已經受夠了。「久病床前無孝子」這句話不是說假的，多年的照護，眞的把若雲母女倆拖垮，身心都快崩潰了。

面對親人的死亡，本該是哀戚不已的；但面對「長照」親人的死亡，內心的期待與解脫感卻遠遠大過不捨。

希望你快點死——世上沒有比這更悲哀的事了吧。

此時，病床上的阿嬤輕微地動了一下，非常緩慢地睜開眼睛。

美玉見狀立刻湊了上去。

「媽，妳知道我是誰嗎？」

「妳、是……誰？」

「我是美玉啊！妳的女兒啊！」

「誰？」

完全意料中的回答，若雲甚至覺得自己連問都不用問，阿嬤一定跟平常一樣不認得自己。

不料，阿嬤卻慢慢地轉過來凝視著她，眼中忽然盈滿了淚水。

「小、雲……」

若雲全身一震。

「小、雲……**妳來、接我了……妳終於……來接我了……我很乖……我有、一直等妳……**」

此時阿嬤開始不停顫抖、呼吸急促、再度陷入昏迷，一旁的美玉嚇得趕緊按求救鈴，當護士和醫生趕來的時候，阿嬤卻又醒了過來，好像在把握最後機會，顫抖著嘴唇，對著若雲努力吐出一字一句：

「**衣櫃……裡面、小盒子……**」

美玉氣急敗壞地對著若雲叫道：「她到底在說什麼啊！又在胡言亂語了嗎？」

但此時此刻，若雲完全無法回答。

一股巨大的、排山倒海的畫面彷彿正在腦中甦醒，她頭痛欲裂，只能張著嘴，全身止不住地顫抖。

「小雲……小、雲……小……雲……」

＊

之後的記憶，若雲已經想不太起來了。

到底那天，醫生當場就宣布了阿嬤急逝的消息？還是有再住院觀察一兩天後阿嬤才走的？她已經沒有印象。

她唯一記得的，只有阿嬤在最後告訴她的那句話。

在簡單的告別式過後，她進到好久沒踏足的阿嬤房間，一股久未人居的塵埃霉味撲鼻而來，由於後期阿嬤行動不便，已經爬不到位於二樓的房間，都睡在一樓的沙發上。

她慢慢地開始整理阿嬤的遺物，一片片拾回對阿嬤的記憶。

從床上滿堆的衣服雜物、桌上簽六合彩的紙張，到一口一百五十公分高的淺棕木衣櫃，她還記得小時候最喜歡爬到衣櫃上面玩耍。

她一層一層把衣服拿出來，仔細地摺好分類整齊，也翻出了不少保存良好的自己小時候的衣褲襪子，不禁莞爾。

她感覺自己心中原本一片空白的地方，已經深深烙印上鮮明的身影，永遠不會再忘記。

最後，她在最上層最左邊的抽屜深處，找到了一個精緻的小木盒。

若雲穩住顫抖的手，輕輕地打開，裡面躺著一張黑白老照片。

照片上是一位穿著日式燈籠褲、微笑著的女孩，旁邊站著一位穿著學校制服、靦腆笑著的帥氣男孩，而他的右手偷偷地在女孩頭上比了個V手勢。

照片背後，只見一行如小孩子般方方正正的字跡寫著：

——好きです。お幸せに。（我喜歡妳。祝妳幸福。）

一本手記

昭和十五年七月〇日

今天去到父親的辦公室，看到桌上原本擺著的母親相框不見了，感到一陣心寒。
突然傳來椅子被撞倒的聲響，一個奇裝異服的女孩憑空坐在地上。
……明明一直到剛剛都只有我一個人？
田中先生後來跟著她追了出去，回來後說到市區就追丟了。
真是奇怪。

昭和十五年七月〇日

母親的手錶不見了，太糟糕了。
難過到一整天都吃不下飯。

昭和十五年八月〇日

母親的手錶找回來了。
居然只為了抓手錶而跳進高雄川，嚇得我心臟都要停了。

尹桑，真是位奇特的女孩。

昭和十六年五月○日

雲桑　雲桑　雲桑　雲桑　　　　小雲　　　　雲

昭和十六年八月○日

第一次看到父親哭。

我以為父親已經忘了母親……多虧花里小姐幫忙解釋，不然我應該會一直誤會著父親。希望花里小姐回到內地後一切都好。

……雲桑跟神先生到底是什麼關係？

昭和十七年二月○日

在愛的慫恿下，忍不住約了她去看電影。

雖然現在電影已經沒有以前好看了，但還是希望她不會覺得跟我在一起很無聊。

大家都希望世界和平，只是雲桑的態度好像有點怪怪的。

昭和十七年九月○日

老師跟父親都希望我繼續升學，若要考，我想去京都的三高。
但我不想四修，這樣待在高雄的時間就變短了……
最近奉公的雜務越來越多，好煩，讀書的時間都被壓縮了。

昭和十八年一月二日

我太差勁了。人間失格。

追記：她說她不討厭。

　無法控制一直上揚的嘴角，被七郎用鄙視的眼神盯了整天。

昭和十八年三月〇日

京都冷到牙齒直打顫，我果然是高雄人。
先輩邀我去他的寄宿舍，在那裡跟很多人討論了目前戰爭的世界情勢，受到了很多啟發和衝擊。
京都帝大真厲害啊，乾脆以這裡的醫學部為目標吧。
被先輩發現我心有所思，被說教了「這樣不行，是男人就要負起責任啊！」
果然應該要告白吧？她會願意做我的女朋友嗎？

滿腦子想的都是她，考試怎麼辦呢……

昭和十八年三月〇日

落榜了。心情卻無比的輕鬆。

金閣寺外觀就像一般的木造寺廟，聽說以前真的是貼滿金箔的樣子，好難想像。

真希望妳也能在我身邊一起欣賞。

昭和十八年八月〇日

在路上遇到一隻金黃色的奇怪貓咪。

牠擋住我的去路，不時跑起來，不時又回頭看我，好像要把我帶去哪裡。

結果遇到雲桑，她臉色鐵青，手都在發抖，卻一句話都不說。

希望不要有不好的事發生。

昭和十八年八月〇日

日本會戰敗嗎？

我相信她……但我當時太混亂了，她有聽到嗎？

我需要一點時間。

昭和十九年三月〇日

終於畢業了。

有跟她的合照就夠了，希望能在入隊前拿到。

昭和十九年七月〇日

軍隊是個把人的尊嚴與良心都磨掉的鬼地方。

隊上有臺灣人士兵，偷偷大講臺灣話。

昭和二十年三月〇日

奇蹟似地見到她。欣喜若狂。

膽小的我還是沒能告白，希望阿蕉能順利幫我把照片交給她。

昭和二十年四月〇日

難得看到烏龜戴帽子，結果一下就下雨了。

心情鬱悶，忍不住一直把照片拿出來看。

昭和二十年五月二十九日

最後一晚，大家都跑去花天酒地。
但不知怎的，我滿腦子都是雨夜花的歌詞和旋律。
不知道妳現在在做什麼？

啊啊，短暫的一生！
如果我們的犧牲能夠換來妳和平的未來……
戰爭到底是什麼？幸福到底是什麼？
未來世界的你們，有答案了嗎？

後記

初次見面，我是YUZI。非常感謝大家閱讀這本小說。

這是我第一次寫原創小說，有很多不成熟之處，還請多包涵指教。

二〇一七年初，當時由赤燭遊戲製作的〈返校〉剛發行，令正在京都留學的我驚艷不已！沒想到歷史跟遊戲可以結合得這麼完美！回國後，我便開始摸索以大衆化的媒介推廣歷史的可能性。

二〇一七年秋天，我決定以小說作爲自己初次嘗試的媒介，便是這本書最初的起點。歷經了多年的史料蒐集，在二〇二〇年寫完初稿，有幸在二〇二一年成書出版。

特別感謝當年每個月互相督促進度的透依、幫我看稿校對N次的宥宥、李衣雲老師和朱宥勳老師的鼓勵，以及在出版業寒冬還願意幫我這默默無名的新手出書的奇異果文創。

會設定穿越，是希望令讀者對當時的生活氛圍及人民遭遇，能有更多的代入感及想像力。畢竟還原了生活，才能還原當時人們的思想；還原了人的思想，就能還原歷史，因爲歷史可是人創造出來的啊！

而我一直相信，唯有臺日雙方都足夠瞭解那段殖民歷史後，在此之上建立起的「臺日友好」才能比現在更加真誠對等。

本書勉強算歷史小說（？）若對書中內容有任何史料上的疑問，都很歡迎來信指正討論，感想更是大大大歡迎！偷偷說，本書中提到了約五十位眞實人物（實際登場、出現眞名或借名或隱喩）我想除了我自己以外，大概沒有人能全部找出來。

作品公開發表後能流傳多年、穿越時空與千千萬萬形形色色的人相遇，這大概是「創作」最吸引我的地方。

再次感謝你的閱讀！

若《港都櫻花紛飛時》能帶給你一點啟發、一點觸動，甚至會想來高雄聖地巡禮的話，我會非常開心的！

有機會的話，我們第二集再見。

港都櫻花紛飛時

作者：YUZI
美術設計：羽夏
封面設計：Benben
封面插畫：金芸萱

總編輯：廖之韻
創意總監：劉定綱
執行編輯：錢怡廷

出版：奇異果文創事業有限公司
電話：（02）23684068
傳真：（02）23685303
網址： https://www.facebook.com/kiwifruitstudio
電子信箱：yunkiwi23@gmail.com

法律顧問：林傳哲律師 / 昱昌律師事務所

總經銷：紅螞蟻圖書有限公司
地址：台北市內湖區舊宗路二段 121 巷 19 號
電話：（02）27953656
傳真：（02）27954100
網址：http://www.e-redant.com

初版：2022 年 12 月 20 日
定價：新台幣 380 元
ISBN：9786269536092

高雄市政府文化局書寫高雄出版獎助